Das Buch

Adriana Altaras, die Ich-Erzählerin dieses Romans, liebt es zu inszenieren – Opern, Theaterstücke, Komödien, Tragödien. Doch eines stellt sie immer wieder fest: Man muss Opfer dafür bringen. Wochenlang in der deutschen Einöde vor Anker gehen, das Heimweh in Süßsauer-Soße beim lokalen Chinesen ertränken, zweiundvierzig Namen und Lebensgeschichten binnen vierundzwanzig Stunden auswendig lernen, Zungenküsse auf der Bühne verbieten und gegebenenfalls sogar den Inspizienten aus dem Schnürboden befreien. Während der Proben zu Mozarts »Entführung aus dem Serail« entpuppt sich ausgerechnet die Souffleuse als größte Herausforderung. Susanne, genannt Sissele, hat Adrianas Bücher gelesen und ist davon überzeugt, dass nur sie ihr helfen kann. Jahrzehntelang hat Sissele vergeblich nach ihren Verwandten gesucht, die nach dem Zweiten Weltkrieg in alle Winde zerstreut wurden. Nun will sie einen letzten Versuch unternehmen – und Adriana Altaras muss mit! Auf einer abenteuerlichen Reise quer durch die Bundesrepublik verbinden sich Gegenwart und Vergangenheit. Ein mitreißendes und anrührendes Buch.

Die Autorin

Adriana Altaras wurde 1960 in Zagreb geboren, lebte ab 1964 in Italien, später in Deutschland. Sie studierte Schauspiel in Berlin und New York, spielte in Film- und Fernsehproduktionen und inszeniert seit den Neunzigerjahren an Schauspiel- und Opernhäusern. Sie erhielt zahlreiche Auszeichnungen, u.a. den Bundesfilmpreis, den Theaterpreis des Landes Nordrhein-Westfalen und den Silbernen Bären für schauspielerische Leistungen. 2012 erschien ihr Bestseller »Titos Brille«. 2014 folgte »Doitscha – Eine jüdische Mutter packt aus«, 2017 »Das Meer und ich waren im besten Alter«. Adriana Altaras lebt mit ihrer Familie in Berlin.

Adriana Altaras

Die jüdische Souffleuse

Roman

Kiepenheuer
& Witsch

Adriana Altaras wurde während des Jahres 2017 für dieses Werk
von der Guntram und Irene Rinke Stiftung im Rahmen des Projektes
»TAGEWERK-Reihe« unterstützt.

Dieses Buch ist ein Roman. Einige seiner Charaktere haben
Vor- und Urbilder in der Realität, doch ihre Beschreibungen und
Handlungen sind fiktiv.

Verlag Kiepenheuer & Witsch, FSC® N001512

1. Auflage 2020

© 2018, 2020, Verlag Kiepenheuer & Witsch, Köln
Alle Rechte vorbehalten. Kein Teil des Werkes darf in irgendeiner
Form (durch Fotografie, Mikrofilm oder ein anderes Verfahren)
ohne schriftliche Genehmigung des Verlages reproduziert
oder unter Verwendung elektronischer Systeme verarbeitet,
vervielfältigt oder verbreitet werden.
Umschlaggestaltung Rudolf Linn, Köln
Umschlagmotiv © privat
Gesetzt aus der ITC Berkley Old Style
Satz Buch-Werkstatt GmbH, Bad Aibling
Druck & Bindung CPI books GmbH, Leck
ISBN 978-3-462-05415-6

*Meinen Kolleginnen und Kollegen
und Sissele natürlich*

Ich will mich nicht beklagen, aber wo immer ich mich gerade aufhalte, fangen die Menschen an, mir ihre Geschichten zu erzählen.

Es spielt keine Rolle, ob es regnet, ich mit vollen Einkaufstüten versuche, mein geparktes Auto zu erreichen, oder wie eine Irre renne, um das Flugzeug zu erwischen. Sie stellen sich mir fröhlich in den Weg und beginnen zu erzählen. Irgendwo habe ich mal gesagt, ich sei eine »Chronistin« unserer Zeit. Oder ich wäre gerne eine, oder etwas Ähnliches. Das hat sich herumgesprochen, jetzt bekomme ich Geschichten, ob ich will oder nicht.

Ich habe gelesen, im New Yorker Büro meines Idols, Isaac Bashevis Singer, seien täglich junge und alte Frauen oder Männer hereingeplatzt und hätten Ungeheuerliches auf Jiddisch berichtet, denn die meisten waren kürzlich aus dem Schtetl ausgewandert wie er. Ein Mann hatte sich auf der langen Überfahrt verliebt, aber ein Dybbuk hatte ihm die Braut gestohlen. Eine Frau hatte ihre Handtasche verloren, dann ihren Hut, ihre Schuhe, ihren Mantel und schließlich sich selbst.

Ich las die Berichte dieser gebeutelten Menschenkinder, die oft, aber nicht zwangsläufig unglücklich endeten, und fragte mich: Ist Bashevis ein genialer Erfinder oder haben ihm alle, wirklich alle ihre Lebensgeschichten erzählt?

Inzwischen glaube ich, alles ist wahr, er hat nur die Namen geändert, wegen der drohenden Klagen und der Anwälte, die es auch damals schon im Überfluss in New York gab. Ansonsten hat er bloß aufgeschrieben, was man ihm erzählte. Und je ehrlicher er war, desto absurder klangen seine Erzählungen.

Womit wir an einem heiklen Punkt wären, denn bei mir läuft das so: Wenn ich mich beim Schreiben bis ins kleinste Detail an die Wahrheit halte und nicht einen Funken hinzudichte, sind meine Leser überzeugt, ich würde fantasieren. Wenn ich etwas hinzuerfinde, zucken sie nicht mit der Wimper und halten es für die reine Wahrheit.

Dabei spielt es kaum eine Rolle, ob das, was ich schreibe, soeben passiert ist oder ob es sich um Geschichten aus der vergangenen Welt handelt. Ob meine Protagonisten in einem ICE, in der Kantine des Opernhauses oder als Überlebende der Shoa um Mitternacht neben mir in einer Talkrunde sitzen. Je ehrlicher ich ihre Berichte wiedergebe, desto weniger glaubt mir irgendjemand. Sobald ich das eine oder andere oder sogar alles erfinde, sind meine Leser überzeugt, so, nur so könne die Wahrheit sein.

Deshalb habe ich beschlossen, mich auf andere Dinge zu konzentrieren. Opern zu inszenieren, ist zum Beispiel sehr ehrenwert. Ich muss allerdings eine letzte Ausnahme machen, mein Freund Robbi hat mich darum gebeten. Er lebt in Israel und hat schon so ziemlich alles erlebt, aber etwas wie diese Geschichte noch nie. Ihm zuliebe mache ich eine allerletzte Ausnahme.

*

Ich habe schlecht geschlafen. Zwar war das Fenster die ganze Nacht offen, aber es bleibt stickig und schwül. Abends habe ich es mir notdürftig gemütlich gemacht, Musik und Kerzen, nur noch sechs Wochen, nur noch sechs Wochen, dann darfst du wieder nach Hause, habe ich als Mantra vor mich hin gemurmelt und dabei aus dem Fenster auf die Kfz-Werkstatt und den Aldi-Parkplatz geschaut.

Ich liebe meinen Beruf. Angefangen habe ich als Schauspielerin, dann wurde ich Theaterregisseurin, später kam die Oper dazu. Mein Vater sagte immer: »Alle guten Nutten werden irgendwann einmal Puffmütter.« Nun ja, sein spezieller Humor ... Heute würde ihn dafür die Frauenbeauftragte zum Frühstück verspeisen.

Ich liebe es, Opern zu inszenieren. Es gibt nichts Schöneres als Musik. Die Oper ist das opulenteste Fach im Theater, eine Art Königsklasse. Aber es ist schon eine echte Prüfung, sonntagabends in einer mittelgroßen deutschen Stadt vor Anker gehen zu müssen. Leere. Einöde. Die Innenstadt: ein Konzentrat des Nachkriegsdeutschlands. Nur ein paar Heimatlose wie ich irren vom Bahnhof in die Fußgängerzone. Wenn man Glück hat, hat der Chinese geöffnet, und man kann sein Heimweh in Süß-Sauer-Soße ertränken.

Ich verstehe nicht, dass den Theatern Folgendes nicht klar ist: Wenn sie ihre Gastregisseure angenehm unterbrächten, wären diese glücklicher, würden bessere Leistungen vollbringen, die Produktionen bekämen durchschlagendes Format, das Publikum wäre begeistert, alle Vorstellungen wären ausverkauft, die Theater hätten mehr Einnahmen, ihre Bilanzen würden auch die kulturfeindlichsten Senatoren überzeugen, die viel beschworene Theaterkrise wäre ein für alle Mal vom Tisch. Stattdessen stellen sie einem die trostlosesten Unterkünfte zur Verfügung. Man sei doch sowieso die meiste Zeit im Theater.

Mein Buddha steht neben meiner Zahnbürste, er wird es schon richten, keine Zeit mehr für Larmoyanz. Theater ist zu vierzig Prozent Talent, der Rest sind Disziplin, Durchsetzungs- und Durchhaltevermögen – die drei großen »Ds« des deutschen Theaters.

Diesmal hat man mich für *Die Entführung aus dem Serail* engagiert. Alle, denen ich in den letzten Wochen davon erzählt habe, haben verzückt gelächelt. Ach! Mozart! Ach! Die Entführung! Das Schönste auf Erden. Es ist mein erster Mozart, und noch hat keine Ekstase von mir Besitz ergriffen.

Die Handlung geht ungefähr so: Wir befinden uns mitten im 16. Jahrhundert. Die Spanierin Konstanze wird mitsamt ihrer englischen Zofe Blondchen und deren Freund, dem Diener Pedrillo, von Seeräubern entführt, von ihrem Verlobten, dem Edelmann Belmonte, getrennt und auf dem Sklavenmarkt verkauft. Zum Glück kauft sie der orientalische Herrscher Bassa Selim, ein gebürtiger Spanier und Christ, jetzt Muslim, und bringt sie in sein Serail, in dem er einen Harem hält. Das nenne ich mal ein konsequent globalisiertes Personal!

Dort werden sie vom perfiden Osmin bewacht – einem Diener Bassa Selims. Osmin verliebt sich in die Zofe Blondchen und Bassa Selim verliebt sich in Konstanze. Als gäbe es vor Ort, in ihrem Harem, keine anderen Frauen.

Endlich erfährt Belmonte durch einen Brief seines Dieners Pedrillo, wo die Entführten stecken, kommt angesegelt und ist fest entschlossen, sie zu befreien.

Zehn Uhr, Konzeptionsprobe im Probensaal A, drei Stockwerke unter Tage. Draußen sind es mittlerweile 27, im Keller 8 Grad, die Klimaanlage lässt sich nicht regulieren. Ich stelle mein Konzept in Schal und Mütze vor. Siebzig Augenpaare schauen mich an: Sänger und Sängerinnen, Dramaturgie, Regieassistenz, Schneiderei, Beleuchtung, Bühnentechnik, Requisite, Souffleuse, Ankleiderinnen. Ich hoffe, keinen Rest Joghurt an der Lippe zu haben.

Die Gewerke wirken müde, hängen schlaff auf ihren Stühlen, die Zeichnungen mit den Figurinen der einzelnen Rollen schief an der Wand. Ich rede um mein Leben. Vom Chor kein Lächeln, keine Reaktion, kein Lebenszeichen – ich finde, es ist eine beachtliche Leistung, so lange auszuhalten, ohne zu atmen.

Ich habe gelernt, mich davon nicht verunsichern zu lassen, atme und lächele für sie alle mit, frage mich gleichzeitig, warum ich noch gleich diesen Beruf ausüben wollte?

Die Solisten in der ersten Reihe nicken immerhin.

Meistens ist es so: Die große Blondine ist der Sopran, die rassige Dunkle der Mezzo, die Koreanerin hat die Hosenrolle, der kleine Koreaner ist Tenor, der Kräftige, Schläfrige der Bass, und der Einzige, der flirtet, ist der Bariton.

In der *Entführung aus dem Serail* gibt es keine Hosenrolle, keinen Mezzo und auch keinen Bariton, aber alle nicken sie brav. Erst im Laufe der nächsten Tage werde ich erfahren, ob irgendwer meinen Ausführungen annähernd folgen konnte.

Gott sei Dank bin ich nicht ganz alleine in der Fremde. Bühne und Kostüme sind die Gewerke, die ich selbst auswählen und mitbringen durfte. Darum sind Nora und Elio dabei. Wir sind eine verschworene Gemeinschaft, gehen gemeinsam unter oder steigen in den kreativen Götterhimmel auf. Über die Jahre sind wir schon in vielen Opernhäusern zusammengekommen, wir haben uns im Schlafanzug gesehen, betrunken oder verweint.

Elio ist aus Bordeaux, feinsinnig, ein begnadeter Bühnenbildner und daher sehr gefragt. Nora, Russin, geistreich, ebenfalls schwer begabt, eher der Typ Zarentochter. Die Kostümabteilung stöhnt unter ihren Ansprüchen.

Nach meinen Ausführungen haben Nora und Elio das Wort. Sie erklären, warum wir uns die Bühne und Kostüme so und nicht anders vorstellen. Die Solisten aber wollen gut aussehen, und die Bühne soll sich bitte sehr leise drehen. Wir nicken. Natürlich, natürlich ...

In der Pause bleibe ich stoisch im Probenraum, obwohl ich meinen deutschen Pass für einen Espresso hergäbe, und plaudere mit den Damen und Herren des Chores. Mein Namensgedächtnis ist eine Katastrophe, aber ich lege mich ins Zeug, dem besten Tipp folgend, den mein Freund Uwe, seines Zeichens erfolgreicher Opernregisseur, mir je gegeben hat: Lern die Namen der Chormitglieder als Erstes!

Also frage ich Vessela und Borjana, Wilislawa, Nasko, Vesko und Jurij, was sie von Mozart halten und woher sie kommen. An diesem Haus stammen die meisten aus Moldawien, Mazedonien oder Albanien, Länder, die noch bis vor wenigen Jahren keine Autonomie besaßen und auf den Namen »Balkan« hören. Also spreche ich beherzt Serbokroatisch, wenn sie mein Deutsch nicht verstehen. Das Serbokroatische hat mit dem Rumänischen, also Moldawischen, genauso wenig zu tun wie das Deutsche, aber ich will ihnen zeigen, dass auch ich von »woanders« komme und »Marschall Tito« praktisch unser aller Patenonkel war. Vielleicht bleiben Dubrovka, Almerija, Ninoslava, Jossip, Ivica und Pjotr mir gegenüber deshalb so höflich. Ich habe den »Ostblock-Bonus«.

Nach der Pause weiß ich bereits, wer aus welchem Dorf kommt, wer Würste einmacht oder im Keller Sliwowitz brennt. »In meinem letzten Opernhaus kam der Chor größtenteils aus der Ukraine«, sage ich, »hier also aus Bulgarien. Hat einer von euch das restliche Dorf nachgeholt?« Mein Scherz kommt mäßig an, also wende ich mich den Koreanern zu.

Es gibt an jedem Opernhaus eine mehr oder weniger große Gruppe von Koreanern. Ich werde nie begreifen, wieso diese Menschen, auf der anderen Seite der Erde sozialisiert, meinen Humor verstehen. Ich mache einen Witz, in ihren Gesichtern keine Regung. Später bei den Proben jedoch werden sie jede Pointe, die ich ihnen erklärt habe, jede auch nur mögliche komische Wendung punktgenau erwischen. Korea – Land der getarnten Witzbolde!

Die Pause ist fast zu Ende, als eine Frau auf mich zukommt. »Ich bin die Souffleuse«, sagt sie leise nuschelnd,

»ich heiße Susanne.« Wie kann ein Mensch mit einer kaum verständlichen Aussprache Souffleuse sein?, denke ich.

Sie muss um die sechzig sein – ihre blonden Locken gehen stellenweise in Grau über. Sie ist sehr gepflegt, auf ihrer hellen Haut tanzen Sommersprossen, ihre blassen grauen Augen schauen mich forschend an, sie war mal schön, denke ich, jetzt ist sie zu mager, jedenfalls für meinen Geschmack. Sie spürt meinen Blick, also sage ich schnell: »Freut mich, Susanne!« Sie sagt: »Mich auch!« Und dann lächelt sie gewinnend, um im nächsten Moment die Lippen aufeinanderzupressen und meine Hand mit erstaunlicher Kraft festzuhalten. »Ich müsste dann jetzt weitermachen.« Sie flüstert: »Natürlich«, lässt aber meine Hand nicht los. »Gleich ist der Chor zurück, und ich würde gerne eine kleine Szene anlegen, jetzt wo schon mal alle da sind, lernen wir uns direkt ein bisschen kennen.« – »Gute Idee!«, sagt sie und lässt meine Hand noch immer nicht los, schaut mich irgendwie traurig an. Ich sage: »Die Hand, Susanne, die Hand, die bräuchte ich dann jetzt ...« – »Entschuldigung, Entschuldigung!«, murmelt sie, wird rot und lässt endlich los.

»Es ist doch erstaunlich, welche Leute im Theater Unterschlupf finden«, flüstert mir Nora zu. Ich strecke den Rücken durch und wende mich lächelnd wieder der Probe zu.

Der Chor hat sich derweil auf der gesamten Probebühne verteilt und gemütlich niedergelassen. Ich bitte alle aufzustehen, was sie sehr ungern tun, aber genau darum geht es: Ich muss meine Autorität gleich zu Beginn beweisen, sonst kann ich die nächsten Wochen komplett vergessen.

Sie alle haben *Carmen*, *Maskenball* und *Barbier* schon mindestens vier Mal gesungen, von der *Entführung* ganz zu schweigen. Sie kennen das Repertoire und die Materie sehr viel länger als ich und wollen austesten, was ich so draufhabe. Es ist eine Art Feuertaufe, manchmal auch Spießrutenlauf. Zimperlich sind sie nicht. Ich muss sie irgendwie überzeugen, meine Ideen zu probieren, entweder durch Qualität oder durch meine Person.

Mein Freund Uwe sagt auch, man könne nur sieben Menschen gleichzeitig richtig wahrnehmen. Da frage ich mich: Was passiert in der Zeit mit den restlichen dreiunddreißig? Unterhalten sie sich währenddessen mit dem Nachbarn, spielen auf dem Smartphone, schlafen, anstatt zu singen?

Deshalb bitte ich sie, gleich draufloszuspielen, zu improvisieren. Das Thema: Kündigung. Der Intendant plane, dem einen oder anderen von ihnen zu kündigen, das löse Unsicherheit und Unruhe aus, die würde ich jetzt gerne auf der Bühne sehen.

»Das funktioniert beim Chor anders, es gibt schließlich den Kündigungsschutz«, erklärt mir der Chorvorstand ernst und alarmiert. Ich sage, ja, das wisse ich, wir würden ja auch nur »so tun, als ob« und lächle angestrengt. Bei der *Entführung* seien sie im gesamten Stück ja leider nur sehr kurz auf der Bühne, umso wichtiger sei es mir, dass man jeden Einzelnen wahrnehme, die beiden kurzen Auftritte müssten perfekt sitzen. Also: Bassa Selim wolle dem einen oder anderen nicht gerade kündigen, ihn dafür jedoch mitunter köpfen. Nun müssten sie jeder einzeln dafür sorgen, dass es den Nachbarn erwische und nicht sie … Musik, bitte!

Sie haben mich verstanden, sofort ist eine Menge los auf der Bühne: Sasko hat Vesko fest im Würgegriff, Ninoslawa liest Borjana die Zukunft aus der Hand, zwei Kims haben ihre Handys ausgepackt und telefonieren mit der NSA. Ich bin begeistert. Sie sehen nicht so perfekt aus wie die jungen Schauspieler, die sich alle ein wenig gleichen: schlank, schön und ein bisschen frivol. Nein, hier sind Giganten am Werk, Gesichter, Typen. Zu klein, zu groß und fast alle zu dick, aber voller Fantasie. Jedes einzelne Chormitglied hat eine sehr spezielle Biografie, eine besondere Individualität oder einfach eine Macke. Chor ist ein Haufen Individualisten, gezwungen, miteinander zu singen, aneinandergekettet, vielleicht ein Leben lang, denke ich. Deshalb sind sie so anstrengend, aber auch so witzig und charmant.

Susanne, die Souffleuse, schiebt mir einen Zettel herüber. Ich zische »Nicht jetzt!«, aber sie insistiert, ich müsse den Zettel bitte lesen. Das tue ich, unwillig und schnell. Auf dem ausgerissenen Notenblatt steht allen Ernstes: »Ich kenne Sie aus dem Fernsehen. Sie sind toll.«

»Danke«, sage ich und nicke irritiert zu ihr rüber. Wenn das sechs Wochen so weitergeht, bin ich anschließend reif für die Psychiatrie. Der Chor hat es sich in der Zwischenzeit wieder bequem gemacht. Wenn man nicht aufpasst wie ein Luchs und sie durchgehend mit Aufgaben füttert, schalten sie automatisch in den Ruhemodus. Ich sage schnell: »Wir wiederholen das Ganze noch einmal, bitte!« Sie wiederholen lustlos, meckern übers Bühnenbild, die Stufen seien zu hoch, das Probenkostüm kratze, irgendwie ist die Luft raus. Nora bläht die Nüstern, Elio schüttelt den Kopf, ich lächle gewinnend: »Vielen Dank den

Damen und Herren des Chores, dass Sie so voller Energie eingestiegen sind, das war toll. Die Bühne wirkt mit Ihnen und durch Sie großartig, und die Kostüme sind sehr vorteilhaft! Sie können jetzt gehen, die Solisten bleiben bitte noch kurz.«

Sofort kommt Bewegung in die Masse, alle springen auf und rennen davon, als wären sie zusätzlich im Import/Export tätig. Ich habe fünfzehn Minuten früher Schluss gemacht, reine Berechnung, so macht man sich Freunde, der Chor ist selig, vierzig Menschen schütteln mir die Hand.

Nach einer Chorprobe fühle ich mich immer, als wäre ich soeben von einem Traktor überfahren worden, einem dieser großen roten aus einer Kolchose. Ich habe stundenlang ein Fiepen im Ohr. Langsam drehe ich mich zu den Solisten. Sie wirken erleichtert, endlich ist es leer und still.

»Ich muss Sie unbedingt sprechen«, höre ich in die Stille hinein wieder diese Stimme. Susanne ist aufgestanden, sie ist wirklich spindeldürr, ihre blasse Haut ist durchzogen von Äderchen, die zu pulsieren scheinen.

Alle starren sie an, der Tenor kichert, Susanne wiederholt mit geschlossenen Augen ihre Bitte. Ich muss dringend versuchen, eine andere Souffleuse zu bekommen, so viel ist sicher, aber jetzt will ich – verdammt noch mal! – die Probe zu Ende bringen.

Im Zweifelsfalle atmen. Das war in der Schauspielschule die goldene Regel. Atmen. Also atme ich ein und aus und summe den Anfang von Blondchens Arie: »Durch Zärtlichkeit und Schmeicheln ...«

Die Solisten klatschen. Ich habe das Ruder wieder in der Hand.

»Wir schauen uns jetzt die einzelnen Figuren und ihre Motivationen noch einmal an. Wer will was und warum? Danach machen wir Schluss, ist das gut? Und wir, liebe Susanne, könnten doch morgen Nachmittag, nach der Probe, einen Kaffee trinken«, biete ich an, um für den Rest des Tages Ruhe zu haben.

*

Immer lande ich in Städten, in denen es aussieht, als wären die Alliierten erst am Vormittag abgezogen. Ich muss offenbar sehr schlechtes Karma aus dem vor- oder vorvorherigen Leben abarbeiten, etwas Wesentliches lernen, was mir nach wie vor verborgen ist.

Rolltreppe runter, Rolltreppe rauf, schwer bepackt verlasse ich das Einkaufsparadies. Von Seife bis Milch: Alles muss für die sechs Wochen neu besorgt werden. Und da fragt mich meine Steuerfachfrau im Finanzamt Mitte, wie ich, bitte schön, auf doppelte Haushaltskosten käme, das würde bei der Gage doch gar nicht gehen. Endlich benennt es jemand vom Fach: Ich sollte die dreifache Gage verlangen.

Eigentlich war es kein schlechter Probentag. Die Solisten waren ausgesprochen nett. Sie seien zwar müde, weil sie parallel zu Mozart noch Verdi und Puccini sängen, auch eine Gala im Auftrag von Daimler-Benz stehe an, aber zu den Proben würden sie natürlich gerne kommen, äh, falls sie Zeit hätten.

Ich habe mehrere Urlaubsscheine unterschrieben. Die jungen Sänger müssen sich ihren armseligen »NV Solo Vertrag« mit Nebenengagements aller Art aufbessern. Geburtstag, Hochzeit, Beerdigung, Eröffnung einer Sparkassenfiliale. Ich bin gespannt, wer neben diesen wirklich wesentlichen Beschäftigungen noch frei ist, um *Die Entführung aus dem Serail* zu proben.

Wenn man mich fragt: Ich bin grundsätzlich und definitiv gegen das Repertoiretheater! Ja, ich weiß, die Theater sind besonders stolz auf diese Erfindung, genauso wie auf das »Ensemble«. Man könne, ohne von den Unsicherheiten der Selbstständigkeit bedroht zu sein, gemeinsam über Jahre eine Sprache entwickeln, eine Spielweise ... Aber es ist ähnlich wie im Sozialismus: Die Idee ist toll, bloß bei der Umsetzung gibt's Probleme.

Jeden Abend steht ein anderes Werk auf dem Spielplan. Alle kramen dafür in ihrer Erinnerung, nach den Noten, dem Text, der Musik. Die Hälfte des Abends fließt zäh dahin in dem verzweifelten Versuch, sich an die Abläufe zu erinnern. Ist man endlich im Bilde und auf Stand, ist die Vorstellung leider vorbei.

Ein kleines Sängerensemble bestückt alle Arten von Opern, einen Abend Wagner, zwei Tage später Rossini, und auf Händel folgt wieder Wagner. Jeder muss ein »Spezialist für alles« sein. Nach wenigen Jahren sind die Stimmen kaputt gesungen, neue unverbrauchte Sänger werden engagiert, und der Verschleiß beginnt von vorne. Angeblich wolle der Abonnent ständig etwas Neues geboten bekommen. Ich glaube, dem Abonnenten würde etwas weniger Programm genauso gefallen, wenn es denn die Qualität hätte, die man in einem derartigen Massenbetrieb nur äußerst selten erreicht. Ein absurder Kreislauf. Aber Intendanten, Dramaturgen, Künstlerisches Betriebsbüro – alle teilen zwischen Hysterie, Panik und Größenwahn den Standpunkt: Viel hilft viel!

Gleich reißt meine Einkaufstüte vor lauter Ärger. Noch fünfhundert Meter bis zu meiner Zelle. Den deutschen Staatstheaterbetrieb verändern und reißfeste Papiertüten erfinden, muss ich dringend auf meiner To-do-Liste vermerken!

Ist das schwül! Ich sollte mich an Opernhäusern an der See bewerben. Endlich frischer Wind. Man könnte en suite spielen, sechs, acht Wochen ein Stück, dann wieder etwas Neues. Kein festes Ensemble, alle frei zusammengewürfelt und glücklich, dieses eine Stück in Ruhe proben und spielen zu können.

Vielleicht sollte man auch mit Chor und Orchester keine lebenslangen Verträge mehr abschließen. Ich bin mir sicher, dem Endergebnis täte es gut! Wenn der Chor und Orchestervorstand meine Pläne hören könnten, sie würden mich an einer Harfe gefesselt im Bühnengraben versenken.

Schweißgebadet schließe ich meine Klause auf. Morgen um zehn Uhr ist die nächste Probe, nur Solisten, der Chor hat seinen freien Tag. Ich dusche und mache mir etwas zu essen, der Fisch aus der Provinz sieht vielversprechend aus.

Hoffentlich fällt mir genug ein, Mozart kommt so harmlos daher, ist aber ganz schön doppelbödig, denke ich, während die Dorade in der Pfanne brutzelt. Wenn mir nichts einfällt: die Ratlosigkeit teilen! Damit bin ich bisher am besten gefahren. Wenn es jemand sowieso sofort merkt, dann der Chor, er lauert auf jede noch so kleine Schwäche.

Sicher, einen kurzen Moment der Verachtung muss man aushalten, mitleidige und abschätzige Blicke. Aber dann finden sich mindestens drei brauchbare Ideen aus den Chorreihen. Sie sind Künstler wie wir alle, es ist bloß irgendetwas dazwischengekommen, zwischen sie und ihre Solokarrieren. Mal die Liebe, mal eine Revolution.

Vierzig Jahre Teil derselben Truppe sein, das wäre nichts für mich. Sich nicht zu viel in den Vordergrund spielen, aber doch voll aussingen. Mal tragen vierzig Leute die gleichen Perücken, weil die Kostümbildnerin ihren Einfall genial findet, mal muss der gesamte Chor hinter einer Stellwand versteckt singen, weil der Regisseur eine Massenphobie hat. Dann wieder müssen sich alle als Hühner verkleiden oder als Steine.

Da braucht es schon eine ordentliche Portion Gewerkschaft, um sich zu schützen und gelegentlich zu rächen. Chor ist mehr als nur Chor. Chor ist Überlebensstrategie!

Fünf SMS aus Israel holen mich mit ihrem Piepsen in die Gegenwart. Mein Freund Robbi bombardiert mich mit neuen Studien über den aktuellen Antisemitismus in Europa. Führend sei derzeit Ungarn, dicht gefolgt von Polen, aber auch Frankreich sei nicht zu verachten.

Ich schreibe ihm rasch zurück, der Wettbewerb habe etwas Sportives, als ginge es um die Verteilung der Goldmedaillen, eine spezielle Art der Olympiade. Schlage vor, gemeinsam nach Portugal auszuwandern, auf den Azoren, habe ich gehört, soll es sehr schön sein und keinen Antisemitismus geben.

Ich habe Robbi geerbt, er ist der Bruder meines Freundes Aron, nach dessen Tod wir beide untröstlich waren. Über ihn zu sprechen, verschaffte uns beiden ein wenig Linderung, und nach und nach wurden auch wir Freunde.

Robbi ist Ende der Sechzigerjahre zum Studium nach Israel ausgewandert, und obwohl er sich wie ein Kibbuznik kleidet, blieb er doch im Herzen immer ein Jecke, ein deutscher Jude. Häufig erfahre ich zuerst von ihm, was in Deutschland passiert. Er muss Tag und Nacht deutsche Nachrichten verfolgen. Er weiß die Spielergebnisse der

Fußballbundesliga, noch ehe die Tore überhaupt gefallen sind.

Seit Arons Tod sind wir Robbis »deutsche Familie«. Wir telefonieren regelmäßig und sehr lange. Am einfachsten ist es, wenn mein Mann Georg ans Telefon geht. Dann diskutieren die beiden stundenlang über den fatalen Aufstieg von Preußen zur Großmacht oder Heinrich Heine im Pariser Exil und dergleichen mehr. Auf mich wirken solche Gespräche wie ein richtig gutes Sedativ. Ebenso hilfreich ist es, wenn mein Sohn David da ist. Sie haben als gemeinsames Steckenpferd die bundesdeutsche Politik und können sich ewig darüber ereifern. Meine Theatergeschichten findet Robbi zwar amüsant, aber wirklich interessieren tun sie ihn nicht.

Der Fisch ist fertig und duftet ausgezeichnet, müde lasse ich das Denken sein, als das Telefon klingelt. Es ist Susanne, sie könne nicht bis morgen warten, ob ich jetzt gleich Zeit hätte, bitte, bitte, sie wolle nicht aufdringlich wirken, und wenn es nicht wirklich wichtig wäre, würde sie nicht anrufen.

Ich bleibe trotz ihrer Bitten standhaft, wenn ich schon am ersten Tag nachgebe, wie soll das erst in den nächsten Wochen werden? Wir verabreden uns für morgen früh vor der Probe, Punkt neun Uhr.

Es gibt Opernhäuser, die haben ihre Souffleusen abgeschafft, was ich bisher immer bedauert habe. Ich könnte mir vorstellen, meine Meinung in diesem Punkt zu ändern. Zur Not könnte ich auch selbst soufflieren. Ich rede eh die ganze Zeit und summe die Arien Tag und Nacht vor mich hin.

*

Als ich das Café betrete, sitzt Susanne bereits an einem der Tischchen, sie hat einen Fensterplatz ergattert und winkt mir fröhlich zu. Sie wirkt nicht gerade wie ein Mensch in Not.

Unwillig setze ich mich, vor meiner Souffleuse stehen bereits ein Glas Prosecco und ein Croissant, das sie nicht angerührt hat. Ohne große Umschweife zählt sie alle Filme auf, in denen sie mich gesehen hat, dann die Talkshows und schließlich Radioreportagen. *Waterloo,* denke ich, *my private Waterloo.*

Sie verhaspelt sich immer mal wieder, aber nicht lange genug, zwei-, dreimal hole ich Luft, um dazwischenzugehen, vergeblich. Susanne ist inzwischen bei den Zeitungsausschnitten angelangt, die sie gesammelt hat, überregional und bebildert. Dann bietet sie mir das Du an.

Ich würde ihr gerne sagen: Danke, meine Liebe, zu viel der Ehre, komm, wir gehen auf die Probe. An den Nachbartischen hat man die Stimmen gesenkt, wie so oft habe ich das Gefühl, dass alle mithören, mir ist es peinlich, und ich warte sehnsüchtig darauf, dass mich der Caféhausboden gnädig verschluckt. Susannes Sprache folgt einem eigenartigen Singsang. Wie alt sie wohl ist? Bestimmt über sechzig, auch wenn sie recht jugendlich wirkt. Wieso ist sie eigentlich nicht in Pension? Bessert sie ihre Rente auf? Was für einen Beruf hat sie gelernt? War sie einmal Tänzerin? Ihre Kleidung ist exklusiv. Vielleicht hat sie geerbt, langweilt sich aber zu Hause. Ist sie Souffleuse aus Leidenschaft? Gibt es an Kunsthochschulen den Ausbildungszweig »Souffleuse«? Einziges Aufnahmekriterium: Flüstern.

Es ist still. Habe ich laut gedacht? Susanne hat zu sprechen aufgehört, mustert mich ernst. Verlegen hüstele ich, verlange die Rechnung. Sie starrt auf ihr Croissant und beginnt plötzlich zu weinen.

Nicht das auch noch. Diese Mischung aus Distanzlosigkeit und Hysterie, noch vor dem Frühstück!

Was sind noch mal die typischen Merkmale für das Borderline-Syndrom? Diese Frau braucht eine Therapie, und zwar eine gute und sehr lange, ich weiß, wovon ich rede.

Stattdessen biete ich ihr ein Taschentuch an. Aber sie möchte nicht, sie will mir etwas erzählen, da will sie keine Zeit mit Augenwischen und Naseputzen verlieren. Also zieht sie den Rotz hoch. Ich finde das eklig. Warum ich nicht stante pede aufstehe und gehe, weiß ich wirklich nicht. Ich bin gerade mal vierundzwanzig Stunden in der Stadt und schon in einer unübersichtlichen Situation. Was ist los mit mir? Was strahle ich aus, dass Menschen so bedenkenlos über mich verfügen? Ich habe noch einen ganzen Mozart vor mir, und es wäre angebracht, nicht schon in den ersten Tagen die Nerven zu verlieren.

Heimlich schaue ich auf die Uhr. Gleich beginnt die Probe. Das ist vielleicht nicht so existenziell wie die Geschichten, die das Leben spielt, aber es ist mein Beruf, und er ernährt mich und meine ganze Familie.

»Ich weiß, dass du Jüdin bist.« Aha. Von daher weht der Wind. Eine Philosemitin. Vielleicht war ihr Vater oder Großvater ein Nazi, und sie möchte nun von mir die Absolution erteilt bekommen. Wenn es einen Grund zum Auswandern aus Deutschland gibt, dann diesen: Jeder, der mich trifft, möchte mir erklären, dass seine Familienmitglieder ganz harmlose Nazis waren, und ich solle ihnen allen, bitte schön, anstandslos verzeihen.

»Halt, liebe Susanne, halt!«, sage ich höflich, aber bestimmt. Es sei schön, dass sie mir so vertraue, aber ich sei keine Therapeutin, auch wenn die Arbeit an Opernhäusern fatalerweise oft in diese Richtung tendiere. Ich könne ihr mit ihrer belastenden Vergangenheit, ihrer problematischen Familie nicht helfen. Wenn sie stramme Nazis als Eltern oder Großeltern habe, sei das unangenehm, aber nicht zu ändern. Dafür könne sie selber ja nichts, sie sei halt hineingeboren worden und solle es nicht zu schwer nehmen. Es gebe da inzwischen wirklich fähige Ärzte, sie sei nicht die Erste, die entdeckt habe, dass der Großvater Transporte organisiert hat oder ein hohes Tier in der SS gewesen ist. Das sei eine bittere Erkenntnis, aber durchaus normal für eine deutsche Nachkriegsvita, damit müsse und könne man fertigwerden …

Ich spreche hastig, will nicht unterbrochen werden. »Ich weiß, es ist für Kinder und Enkelkinder von Nazis nie leicht, ihre Familiengeschichten zu akzeptieren. Ich finde es ganz prima, dass Sie das versuchen, suchen Sie sich Gleichgesinnte, Menschen mit einem ähnlichen Schicksal, da sind Sie besser aufgehoben als bei mir!«

Ich denke gar nicht daran, sie zu duzen. Nur weil ich in meinen Büchern so persönlich, direkt und offen wirke, denken alle, dass sie ebenso persönlich, direkt und offen zu mir sein dürfen.

Susanne hält den Blick gesenkt und weint wieder. Wie komme ich hier möglichst geräuschlos weg?

»Ich brauche deine Hilfe!« Susanne schaut mich zum

ersten Mal direkt an. Ihre Augen sind doch eher grün und ein bisschen wässrig, aber eigentlich schön. Sie hat hohe Wangenknochen, etwas Slawisches vielleicht.

Sie schaut und schaut und schweigt, und in diesem Augenblick ahne ich plötzlich, dass ich völlig falschlag: Susanne ist Jüdin. Wieso habe ich das nicht gleich gesehen?

Ich hole vorsichtig Luft: »Susanne? Und weiter?« – »Chaimberg«, sagt sie, »und eigentlich Sissele, nur hier in Deutschland bin ich zu Susanne geworden, in Kanada hob ich geheißen Sissele, das wirst du kennen, nicht? Sissele, wie die Süße.« Sie ist kurz ins Jiddische gerutscht, und nun weiß ich auch, woher ihr Singsang stammt. Für einen Moment ist nichts mehr übrig von der aufdringlichen Souffleuse. Sie wirkt wie ein junges Mädchen, das vergessen hat zu altern. Sommersprossen, dünne Beine, ihre Lockenmähne war nach den Sommerferien bestimmt jedes Mal weißblond, sie muss als Jugendliche eine Schönheit gewesen sein. Jetzt haben sich Schweißperlen auf ihrer Oberlippe gesammelt, und sie mustert mich so aufmerksam wie ich sie. Dann steht sie auf, umarmt mich hastig, stammelt: »Ich will dich nicht länger beanspruchen. Ich sehe, du hast keinen Platz für mich«, und bevor ich etwas erwidern kann, huscht sie hastig aus dem Lokal.

*

Also: Die Konstanze aus *Die Entführung aus dem Serail* wird zusammen mit ihrer Zofe Blondchen und deren Liebhaber Pedrillo geraubt. Meine Interpretation: Sie machen eine Kreuzfahrt auf der *MS Istanbul*, als sie von Piraten angegriffen und entführt werden. Nun müssen sie in einer protzigen Villa vor sich hin darben und warten darauf, dass Belmonte, der angehende Ehemann Konstanzes und Chef von Pedrillo, sie im Nahen oder ferneren Osten endlich findet und aus den Klauen dieser türkischen Barbaren befreit.

Die Guten sind dabei die »Weißen«, die edlen Spanier, und die Bösen die dunkelhäutigen, triebhaften Türken. In dem Drama, das von 1933 bis 1945 in Europa gespielt wurde, war es umgekehrt, da waren die Weißen die Täter und die Dunklen die Opfer, und je weißer sie waren, je arischer, desto böser waren sie ... Etwas eindimensional, diese Stück- und Geschichtsanalyse nach Farben, gebe ich zu, aber nicht ganz von der Hand zu weisen.

Bei Mozart ist es also farblich umgekehrt. Osmin ist der finsterste Charakter. Er ist eine Mischung aus Haus- und Henkersmeister am Hofe von Bassa Selim, eine Art Chef der inneren Sicherheit, und kann die Eindringlinge, die er aus seiner Sicht zu Recht als Ungläubige verurteilt, nicht ertragen. Ein waschechter Fundamentalist. Er betet zu Allah, trinkt keinen Alkohol, hat sich aber ironischerweise in das Blondchen verliebt, ein aufgeklärtes Mädchen mit spitzer Zunge, das ihn auf ganzer Linie herausfordert. Er muss umdenken, sich und seine patriarchalische Art umkrempeln, sonst kann er bei ihr nicht landen. Auch Mozart spielt zwar mit Klischees, aber unsere Gegenwart tut alles, um seine Oper aktueller denn je erscheinen zu lassen.

Wie dem auch sei, es fällt mir schwer, an eine »Entführung« zu glauben. Damals wie heute waren Piraten in Mode. Aber ich frage mich, wie bei einem Märchen: Was steckt wirklich dahinter? Was ist gemeint mit »Entführung«? Warum landet die gutbürgerliche Konstanze im Orient? Was soll sie in der Ferne erleben?

So plane ich, Konstanze gleich während der Ouvertüre einen Streit mit ihrem Bräutigam Belmonte anzetteln zu lassen: »Vielleicht sollte ich mit dieser Hochzeit noch warten, vielleicht verpasse ich etwas, zum Beispiel den feurigen Prinzen aus Tausendundeiner Nacht!« Etwas in der Art. Dann wird Bassa Selim als fescher Orientale kraft der Drehbühne hereingedreht, und bei seinem Anblick wird Konstanze Belmonte flugs stehen lassen und fürs Erste dem geheimnisvollen Türken folgen.

Ich finde diese Entscheidung richtig, man weiß nie, was man verpassen könnte. Die Zukunft mit dem berechenbaren Belmonte war zu überschaubar.

Das ist zwar so ziemlich das Gegenteil einer Entführung, aber vielleicht muss Konstanze auch so handeln, damit Belmonte endlich »in die Puschen kommt« und ernsthaft etwas für sie tut, anstatt nur von seiner angeblich übergroßen Liebe zu singen. Belmonte braucht sage und schreibe drei Arien, bevor er aktiv wird, sich endlich aufrafft, seine Konstanze zu befreien, tja, ich wäre in der Zeit auch schon in Mesopotamien.

In meiner Version verliebt sich Konstanze auch prompt

in den temperamentvollen Bassa Selim, der, wie wir später erfahren, gar kein Türke und deshalb am Ende so zivilisiert ist.

Mich nervt das alles: Warum kann er nur als Orientale feurig und nur als Westeuropäer zivilisiert sein? Warum nicht umgekehrt? Warum sind seine Leidenschaft und seine Großmut herkunftsgebunden? Was sind das für Denkmuster? Damals wie heute: überall Vorurteile!

Mein Ensemble sieht wie folgt aus: Konstanze ist eine stämmige Bulgarin, ihre Zofe eine quirlige Chinesin, Belmonte, der anständige Ehemann, ist folgerichtig aus dem neutralen Liechtenstein. Osmin ist ein Riese, kommt aus Helsinki, dagegen ist Pedrillo winzig und aus Peru. Ausgerechnet Bassa Selim ist Deutscher.

Das Ganze sei eine Komödie, beharrt meine Dramaturgin. Die Musik sei so wunderbar wie schwer zu singen. In den nächsten sechs Wochen gehe es darum herauszufinden, wer wen wirklich liebte und welche Vorurteile gar keine seien. Dabei unterhaltsam und fröhlich bleiben und möglichst alle Töne sowie Zwischentöne in größter Differenziertheit erwischen. Und nie vergessen: Der Abonnent möchte stets etwas Neues geboten bekommen!

Ich grüße in die Runde, Susanne würdigt mich keines Blickes. Wir stellen ein paarmal die Ouvertüre, dann widmen wir uns Belmontes Arie. Der junge Liechtensteiner Tenor kämpft mit dem Text, ich schaue nochmals hinüber zu Susanne, ihr Platz ist leer. Das KBB, das Künstlerische Betriebsbüro, meldet mir kurz darauf, für den Rest der Woche würde uns die Souffleuse fehlen, sie habe eine Krankschreibung eingereicht.

Ich bin fassungslos. Nur weil ich im Café nicht sofort auf ihre Lebensgeschichte eingegangen bin, muss sie ja nicht gleich so beleidigt reagieren.

Nora findet, ich bräuchte kein schlechtes Gewissen zu haben, ich sei die Chefin, und wenn ich Schwierigkeiten mit einem Beteiligten hätte, müsse man denjenigen eben loswerden. Ob jüdisch oder nicht. Elio blickt von seinem Mac auf, murmelt etwas von KGB-Methoden und fragt: »Welche Souffleuse?«

Der KBB-Chef, Rainer, ein Kölner, gesegnet mit rheinischem Dialekt und Humor, grinst, als er mich im Türrahmen sieht.

»Isch war mit Zählen erst bei fuffzisch, schon kommste anjerauscht!« Ja, sie sei schon sehr speziell, diese Susanne, ich sei nicht die Erste, die sich beschwere, aber was solle man machen.

»Lieber Rainer«, sage ich für meine Verhältnisse ungewohnt humorfrei, »ich möchte eine andere Souffleuse, und zwar sofort. Entweder müsst ihr sie von mir beurlauben oder mich von ihr! Es ist mir noch nie passiert, dass mich eine Souffleuse aus dem Lot bringt, aber die Chemie stimmt einfach nicht. Wenn sie da ist, ist sie anstrengend und wenn sie nicht da ist, auch! Statt den komplizierten Probenverlauf zu fördern, hält sie ihn auf. Ich bin mehr mit ihr beschäftigt als mit der Primadonna«, behaupte ich und biete wild entschlossen an, gleich selbst deswegen beim Intendanten vorstellig zu werden.

Der Gang zum Intendanten werde nichts nützen, entgegnet Rainer lächelnd, der habe Susanne selbst eingestellt. »Ich halte meine schützende Hand über dieses arme Menschenkind!« seien seine Lieblingsworte.

»Soso«, murmele ich. »Armes Menschenkind. Und was bin dann ich?«

Rainer hat mir einen Stuhl untergeschoben und einen Espresso zubereitet, das Telefon stumm geschaltet, für ein paar Minuten wird der Terminplan ruhen, werden die Probenzeiten, Krankmeldungen, Reiseplanungen warten müssen. Rainer holt aus:

»Vielleicht weißt du, dass seinerzeit unser Opernhaus eins der Lieblingshäuser Adolf Hitlers gewesen ist. Eigens für ihn hat man eine Loge gebaut, von der aus er seine Lieblingsoperette, *Die Lustige Witwe,* ungestört sehen konnte. Als Karl Intendant wurde, ließ er als Erstes diese Loge beseitigen. Die Stadtväter waren pikiert, Karl als Alt-68er hatte ihnen die Stirn geboten. Er wolle nicht so sein wie sein Vater, er habe eine historische Verantwortung, war sein Credo. Ich weiß nicht genau, was Karls Vater gemacht hat, aber ganz unbedeutend war er offenbar nicht. Er hatte von 1931 bis 1945 einen Lehrstuhl für Anthropologie inne und war an Entwürfen zur ›Ordnung des völkischen Raums im Osten‹ beteiligt. Nach seiner Entlastung durch die Alliierten war er bis 1960 Dekan der Fakultät. Das sagt schon genug, oder?«

Mir schwirrt der Kopf. Was soll der Lehrstuhl eines Nazis mit der Besetzung einer Souffleusen-Position zu tun haben? Muss man wie ein pawlowscher Hund auf jeden hilflosen, verstörten Juden mit einer Stellenausschreibung reagieren?

»Als Susanne sich hier um eine Stelle bewarb, konnte sie weder Noten lesen noch war sie sonst irgendwie operntauglich, aber ihre traurige Vita war ausschlaggebend für Karl. Er hat sie ohne Zögern eingestellt. Sie hat auch ihre guten Seiten, ehrlich, und weil wir wissen, dass du Jüdin bist, dachten wir, dass ihr zwei vielleicht ganz gut miteinander auskommen würdet.«

Mir verschlägt es die Sprache. »Was brauch ich Feinde, wenn ich hab solche Freunde?«, hätte mein Vater dazu gesagt. Er hatte zeitlebens Bonmots für jede Lebenslage.

Vom KBB mache ich mich sofort auf ins Intendantenbüro. Karl hat die Beine auf den Intendantentisch gelegt und bietet mir an, es ihm gleichzutun, was ich freundlich ablehne.

Eigentlich mag ich Karl, er ist ein entspannter Zeitgenosse, auch wenn er wie fast alle Intendanten das Spiel mit der Macht zu sehr genießt. Und wenn er nur nicht dieses Faible hätte, dauernd jüdische Witze zum Besten zu geben. Er hält es, glaube ich, für eine Art Vergangenheitsbewältigung oder für eine Auszeichnung, jüdischen Humor nicht nur zu verstehen, sondern auch zu praktizieren.

Er schenkt uns stilles Wasser ein und schaut mich interessiert an. Bevor ich mit meiner Klage anfangen kann, kommt er mir zuvor:

»Ich faste immer um diese Zeit, das macht mich durchlässig, aber auch angreifbar. Alles gut bei den Proben? Ich höre, dass dir unsere Souffleuse Kummer bereitet ... unsere ›jüdische Souffleuse‹ – eigentlich ein schöner Titel für ein Buch, nicht wahr? Kennst du eigentlich den? *Leah weckt ihren Sohn Jossi: Jossi, steh auf, es ist schon spät, du musst in die Synagoge! – Jossi will nicht. – Leah insistiert: Los, los, rasch jetzt! – Jossi sagt: Ich geh nicht! Ich habe mindestens zwei Gründe, um nicht zu gehen: Erstens, die mögen mich dort nicht, und zweitens, ich mag sie auch nicht! – Leah sagt: Du gehst trotzdem! Ich nenne dir zwei Gründe, warum du gehst: Erstens bist du fünfzig und zweitens der Rabbiner! – Na, nicht schlecht, oder?! ...«*

»Karl, bitte!«, sage ich schnell. »Was machen wir mit Susanne?«

»Nichts!«, sagt Karl. »Wir halten sie aus, das sind wir den sechs Millionen schuldig. Geh sie doch mal besuchen. Wenn du ihre Geschichte hörst, wirst du sie verstehen. – Kennst du den ...?«

*

Susanne hat sich in eine Decke gewickelt, die Vorhänge sind zugezogen. Ich denke unwillkürlich an die letzten Kapitel von *Anna Karenina,* kurz bevor Anna zum Bahnhof eilt. Ihr war auch nicht mehr zu helfen.

»Wo soll ich anfangen?«, fragt sie mich. Woher soll ich das wissen? Verstohlen schiele ich auf die Uhr, um achtzehn Uhr ist Probe, das weiß sie so gut wie ich, aber da sie nun eine Jüdin ist, mit einer vermutlich ellenlangen Lebensgeschichte, komme ich vor Mitternacht bestimmt nicht hier raus. »Lasset jede Hoffnung fahren«, schreibt Dante in seiner *Göttlichen Komödie.* Draußen scheint die Sonne. Man könnte sich wunderbar unters Ozonloch setzen und sich einen gepflegten Hautkrebs zulegen. Stattdessen hocken wir im Halbdunkel dieser ungelüfteten Stube und befinden uns auf der Zielgeraden zu einer schönen Depression.

Dummerweise bin ich gleichzeitig schrecklich neugierig, also frage ich: »Susanne, was ist denn dein Problem?« Ich duze sie. Susanne lächelt mit einer gewissen Zufriedenheit, sie hat mich an der Angel.

»Ich möchte meine Familie finden«, antwortet sie. »Ich suche sie schon seit mehreren Jahrzehnten, und du könntest mir helfen, das spüre ich.«

Im Spüren scheint Susanne eindeutig mehr Fähigkeiten zu haben als im Soufflieren.

»Ist für so etwas nicht das Rote Kreuz zuständig oder der Zentralrat der Juden oder …?«, frage ich ein wenig scheinheilig, beflissen ausweichend.

Susanne hat sich im Bett zur Wand gedreht wie ein beleidigtes Kind.

»Bitte, Susanne«, hake ich nach, »wieso ich?«

»Ich habe dein Buch gelesen«, nuschelt sie in Richtung Wand, sodass ich sie nur schwer verstehen kann, »das, in dem du über deine Familie schreibst. Du bist mutig und schonungslos vorgegangen, du hast gefragt, recherchiert und bist herumgefahren. Das will ich auch. Aber mit dir.«

Susanne hat sich halb zurückgedreht, ihrem Blick entnehme ich wilde Entschlossenheit, mich fröstelt. Ab jetzt schreibe ich nur noch Fiktion, schwöre ich mir, oder ein Sachbuch über Vegetarier.

Tapfer zwinge ich meine gesammelte Empathie an die Oberfläche, und mit der Stimme eines Wolfes, der ordentlich Kreide gefressen hat, frage ich sie, woher ihre Familie denn stamme.

»Sissele, sag Sissele zu mir!«, höre ich unter der Decke ein Murmeln. »Mit langem iiie wie *sieß,* das kommt von süß.«

»Also *Sissele*«, sage ich samtweich, »ich kann dir nur helfen, wenn du mir ein paar Informationen gibst, wärst du so nett ...«

Schlagartig setzt Sissele sich auf, wischt sich mit dem Handrücken den Rotz von der Nase und beginnt zu erzählen:

»Ich war knapp ein Jahr alt, als meine Eltern mit mir aus Israel nach Deutschland kamen, in ein DP-Lager. 1953. Meine Mutter Malka hatte eine ältere Schwester dort, Rachel.«

Was geht's mich an, möchte ich sagen, frage aber stattdessen: »Aus Israel nach Deutschland in ein DP-Camp? 1953? Ich dachte, in den *Displaced Persons Camps* seien nur Überlebende der Lager gewesen. Warum sollte jemand, der es nach Israel geschafft hatte, nach Deutschland gehen? Gerade nach Deutschland? Wieder in ein Lager?«

»Sie waren ja auch Überlebende. Sie hatten nur einen Umweg über Israel gemacht. Irgendwie waren wir doch alle Überlebende. Sogar wir Kinder, obwohl wir gerade erst geboren worden waren.«

»Aha«, stammele ich. Wir sind alle Überlebende. Ich könnte sofort einen Grappa trinken oder noch Stärkeres. Oder ich lege mich einfach neben sie ins Bett und lasse mich in das dunkle Loch der Shoageschichten fallen. Auch Sissele ist blass. Ich verstehe nicht, warum sie sich und mir eine neue Variante der ewig gleichen Geschichte antut, die nur Kummer bringen kann. Karl mag es gefallen, er will büßen, aber ich? Gleichzeitig spüre ich den schrecklichen Sog, den diese Geschichten jedes Mal auf mich ausüben.

»Meine Mutter Malka hat meinen Vater Fischel in Israel kennengelernt. Ihr Vater, also mein Großvater, hatte eine kleine Farm, Fischel war Knecht und half bei der Ernte. Er war schnittig und charmant, erzählte Mama mir, sie verliebte sich, mit fünfzehn, die Eltern waren dagegen.«

Sissele kichert, als wäre sie selbst Malka und im Begriff, unseren zwanzigjährigen Tenor direkt nach der Probe aufs Standesamt zu schleppen. Ich sitze inzwischen auf der Bettkante, alles ist mir unangenehm. Aber ich möchte auch nicht gehen.

»Sie redeten ihr gut zu«, macht Sissele munter weiter, »der Mann tauge nichts, außerdem sei er sechzehn Jahre älter als sie, mit einer merkwürdigen Vergangenheit. Malka wollte nichts von alldem wissen, schließlich floh sie von der Farm zu Fuß zu ihm nach Jaffo.«

Sie stiehlt mir die Zeit mit dieser Mischung aus Holocaust und Folklore. Aber ich bin auf der Bettkante wie festgewachsen, will den Bericht zu Ende hören.

»Von dort holte Großvater sie mit Gewalt zurück, gefesselt saß sie in der Kutsche, so geht die Familienlegende, aber nichts half. Mit sechzehn war sie schwanger von einem über dreißigjährigen Mann, der Auschwitz überlebt hatte. Im Sonderkommando.«

Sonderkommando. Ich schlucke. Ich bin keine Spezialistin, aber ich weiß, dass nur wenige das Sonderkommando überlebt haben. Ich habe einiges gelesen und mir danach gewünscht, es nicht getan zu haben.

Wer zum Sonderkommando gehörte, war ein Gezeichneter, man mied diese Menschen wie Aussätzige, sie waren die verlängerte Hand des Todes. Geschöpfe der Unterwelt. Wer heute darüber spricht, wer jetzt zuhört, wird der automatisch auch zu einem solchen?

Sissele sieht mich prüfend an. Ich möchte, dass sie weiterspricht, und ich möchte, dass sie schweigt.

Aber vor allem lasse ich mich nicht ködern und nicht erpressen, vom Tod schon mal gar nicht, und nur weil ich Jüdin bin, muss ich nicht zwangsläufig die Bürde jeder anderen Jüdin der Welt auf mich nehmen. Also reiße ich mich los, stehe auf, marschiere zur Tür. »Wie konnte dein Vater das Sonderkommando überleben?«, frage ich, die Klinke schon in der Hand. Das ist ein Fehler, aber ich möchte es wirklich wissen.

Sissele streckt mir die Hand entgegen. Lädt mich erneut ein, Platz zu nehmen. Sie spürt, jetzt hat sie mich endgültig am Holocaust-Haken.

»Du musst wissen, er war ein großer, schöner Mann, der fast immer schwieg und nie mit mir lachte. Wir waren knapp zwei Jahre im DP-Camp, als meine Mutter an inneren Blutungen starb. Man flüsterte, mein Vater hätte sie ihr zugefügt, er sei gewalttätig gewesen, vor allem nachts. Man flüsterte so laut, dass ich es gut hören konnte. Wenn ich weinte, schwiegen alle.«

Es gibt keine schönen Lagergeschichten, denke ich, packe im Aufstehen meine Handtasche, Sissele nimmt meine freie Hand und hält sie fest, als ginge es um Leben und Tod.

»Hör zu«, sagt sie sehr leise, »mein Vater Fischel ist eine Sache, aber ich werde dir von mir erzählen, von der kleinen Sissele, vielleicht hilfst du mir dann?«

Sissele, Sießele, Süßele. Wehrlos nehme ich ein drittes Mal Platz auf der Bettkante. Werde ich je wieder aufstehen können?

»Malka, meine Mutter, hat mich in Israel geboren. Sie war inzwischen siebzehn Jahre alt, hatte keinen Kontakt mehr zur Familie und lebte mit diesem Mann in einem winzigen Zimmer in Jaffo. Es war, wie die Familie prophezeit hatte, ein schwieriges Leben.«

Sisseles Erzählung hat etwas Monotones, als hätte sie diese Geschichte schon oft erzählt.

»Sie beschlossen, nach Deutschland zu gehen, zur Schwester meiner Mutter, die dort mit ihrem Mann lebte. Auch wenn in ihren israelischen Pässen stand: ›Dieser Pass ist für arabische Staaten und Deutschland ungültig.‹ Also kamen sie als Illegale über die grüne Grenze in Österreich nach Bad Reichenhall. Dort nahm uns die Schwester meiner Mutter in Empfang und brachte uns ins DP-Lager.

Mir dreht sich der Kopf. Juden nach dem Krieg als Illegale in Deutschland? Ich wünschte, das Libretto dieser *Opera seria* wäre von Henri Meilhac und Ludovic Halévy, den beiden Starautoren von Offenbach und Bizet. Bei *Carmen* zum Beispiel stimmt nämlich alles. Die Geschichte ist logisch und nachvollziehbar. Sie haben ihre Libretti so lange umgeschrieben, bis sie stimmig waren! Was man vom Leben wahrlich nicht behaupten kann. Das Leben schreibt nicht um.

Ich habe vor einigen Jahren *Carmen* inszeniert. Die Fabrik war bei mir ein Arbeitslager für Frauen, bewacht von Männern. Da sieht man wieder, woher meine Fantasien stammen ...

»Also, deine Mutter steht mit deinem Vater und dir, einem Kleinkind, vor der Tür eurer Verwandten im DP-Lager?«, frage ich Sissele, die ich über Carmen kurz vergessen habe. »Ihr seid als Illegale im Lager? Das lässt sich doch nicht lange geheim halten?«

»In den DP-Lagern«, erklärt mir Sissele, »waren viele staatenlos, schnell bekamen auch wir diesen speziellen Status und lebten, als gäbe es drumherum überhaupt kein Deutschland. Man feierte Pessach und Sukkot, Beschneidungen und Hochzeiten. Wir Kinder spielten Krieg, auf Jiddisch, versteht sich! Dann starb meine Mutter. Am 22. September 1955.«

Sissele spricht von sich, als würde sie über ein fremdes Kind sprechen, das sie vor vielen Jahren einmal gekannt hat. Sie weint nicht, und sie zieht den Rotz nicht hoch. Immerhin.

»Die Beerdigung fand auf dem jüdischen Friedhof in München statt. Papa verschwand noch am selben Tag, er ließ mich bei meiner Tante Rachel, ihrem Mann Itzig und ihren Söhnen, Aron und Riven. Die waren froh, dass sie eine kleine Schwester bekamen. Eine kleine Schwester voller blonder Locken, an denen man ziehen konnte.«

Schön, denke ich. Traurig auch, natürlich, aber wie gut, wenn man Familie hat. Sissele, die kleine Prinzessin vom *Displaced Persons Camp.*

»Ein paar Monate habe ich dort gelebt, wir waren alle sehr glücklich miteinander. Tante Rachel war meiner Mutter wie aus dem Gesicht geschnitten. Buchteln hat sie für mich gemacht, wie Mama, die liebte ich besonders, mit Blaubeerfüllung, die Flecken gehen aus der Kleidung nie mehr raus.«

Solche Buchteln kenne ich auch, wir aßen sie zu Purim, statt Hamantaschen, sie waren wirklich köstlich, und an einigen Flecken laborierte auch ich ewig und vergeblich herum.

»Dann kam eines Tages mein Vater wieder und verlangte von Tante Rachel, mich gehen zu lassen. Er nahm mich mit, einfach so, und sagte niemandem, wohin.«

Sissele ist am Ende ihrer Erzählung angelangt, jedenfalls für den Moment, und nicht sie weint, nein, sondern ich. Ein kleines Mädchen, das seine Mutter verliert und von einem traumatisierten Vater mitgenommen wird, irgendwohin ins Ungewisse.

Es gibt gewisse Parallelen zwischen Internats- oder

Heimkindern und Kindern aus Pflegefamilien. Wie lange warst du …? Wie alt warst du …? Wie waren die Pflegeeltern, die Betreuer? Man beobachtet sein Gegenüber dabei ganz genau und weiß Bescheid.

Auch ich war einmal ein Mädchen, das getrennt von den Eltern aufwuchs. War vorsichtig geworden, misstrauisch. Kein Erwachsener war vertrauenswürdig genug, um sich anzulehnen.

Ich weine um die kleine Sissele, um mich und um die anderen Kinder, die zu früh in die Weltumlaufbahn geschossen wurden. Auf der Flucht, versteckt, verwahrlost oder hungrig. Betreut von Eltern oder anderen Erwachsenen, die zu nicht viel mehr in der Lage waren, als sich selbst zu retten.

Sissele hat eine ganze Weile damit zu tun, mich zu trösten, obwohl es eigentlich umgekehrt sein müsste. Ich kann mich nicht beruhigen, wenngleich es mir sehr unangenehm ist, mich vor meiner Souffleuse hoffnungslos aufzulösen. Sie kocht grünen Tee, legt Leonard Cohen auf und schweigt. Also schweige auch ich, putze mir die Nase, beruhige mich langsam und warte. Ich spüre, das Drama hat seinen Höhepunkt noch nicht erreicht. Irgendwann macht sie mit ihrer Erzählung weiter. Ihr Vater habe sie zwar mitgenommen, aber noch am selben Abend weitergegeben in eine katholische Familie in Bayern.

Was? Warum? Ich bin außer mir. Warum hat er das Kind nicht bei der Familie seiner Frau gelassen? Wenigstens für ein paar Jahre? Warum ist er überhaupt aus dem DP-Lager weg?

»Ich weiß es nicht«, sagt Sissele. »Ich habe Vermutungen, das schon. Mein Vater hat vielleicht nicht mehr gewollt, dass wir unter Juden lebten. Vielleicht wollte er mich bloß beschützen. Letztlich hat das Jüdische uns allen nicht gerade Glück gebracht.«

Wir schweigen, dann sagt Sissele:

»Vielleicht hat er sich auch rächen wollen. An einer Familie, die ihn damals im Heiligen Land nicht hatte haben wollen. An einem Schwiegervater, der alles versucht hatte, damit seine Tochter nicht mit ihm ging.«

Er hat sich dafür an Malka, seiner Frau, vergriffen, denke ich, sich an ihr gerächt, die unter seinen Schlägen krepiert ist. Schläge, die vermutlich noch lange nicht so hart waren, wie man üblicherweise drauflosschlug in Auschwitz und so. An einem Ort, der verdächtig an Lager erinnerte: das *DP-Camp*. Er wollte sich vielleicht an allen und jedem rächen. An der Weltgeschichte, weil sie so gelaufen war, wie sie gelaufen war.

Sissele versucht, meine Gedanken zu lesen, sie lächelt mich sogar vorsichtig an. Wahrscheinlich hat sie ähnliche Überlegungen selbst schon gehabt.

Sie muss viele Jahre ihres Lebens über ihren Vater nachgedacht haben, sie hat ihre Vermutungen routiniert vorgetragen, als würde sie ein Seminar über Shoa-Opfer halten. Jetzt sitzt sie still und aufrecht da, wartet, dass ich bereit bin, weiter zuzuhören.

Diese Frau hat sieben Leben, denke ich, sieben Leben, die in ihr unverbunden nebeneinanderstehen, abgetrennt, abgespalten, sie springt überraschend von einem ins nächste.

»Auch bei dieser katholischen Familie blieb ich

nicht lange. Mein Vater tauchte nach einigen Wochen plötzlich unangemeldet auf und nahm mich wieder mit. Die Pflegeeltern waren bestürzt, fragten nach den Gründen, er wollte keine nennen und verschwand mit mir.«

Warum so plötzlich? Hatte er eine Wohnung und Arbeit gefunden? Konnte er jetzt für sie sorgen?

Doch Sissele spricht schon weiter, sehr konzentriert und sehr leise.

»Er hat mich abgeholt, sich bei der Pflegefamilie bedankt und mich am nächsten Morgen zu Nonnen gebracht. In ein Kloster in der Nähe von München.«

Ich starre Sissele an, sage nichts, mir fällt beim besten Willen nichts Tröstliches ein.

Aber für den Bruchteil eines Moments denke ich: Sissele war damals noch so klein. Zu klein, um sich an alle Details zu erinnern. Wer hat ihr diese Informationen gegeben? Hat sie die Geschichte womöglich erfunden, um mich auf ihre Seite zu ziehen? Am Theater ist man anfällig für bizarre Lebensgeschichten. Verschrobene Libretti mit unglaubwürdigen Familienkonstellationen sind bei Barockopern gang und gäbe. Ich bin dabei, mich in ihrem Netz zu verfangen.

Was von ihrem Bericht ist wahr? Was hat sie erfunden? Wenn sie mich mit fantastischen Details manipulieren will, erreicht sie genau das Gegenteil.

Verunsichert suche ich ihren Blick, ich will ihr nicht unrecht tun, aber ihre Geschichte ist zu viel für einen Menschen.

Was, wenn sie überhaupt keine Jüdin ist? Hat sie sich diese jüdische Biografie zugelegt, um sich interessant zu machen? Sie wäre nicht die Erste, da gibt es einige prominente Beispiele …

Als mich Sisseles trauriger Blick streift, schaue ich in einen Abgrund und verbiete mir vorerst alle Zweifel.

*

Ich habe die Abendprobe ausfallen lassen. Die Regisseurin habe sich den Magen verdorben, wurde den Sängern mitgeteilt, die sich über den freien Abend freuten. Mir ist klar, es wird mühsam sein, Zug in die Produktion zu bringen, wenn ich gleich in der ersten Woche mit Probenausfall starte. Aber es geht nicht, ich fühle mich wie ein Häuflein Elend. Sisseles Virus ist auf mich übergesprungen. Ich bin arbeitsunfähig wie meine Souffleuse. Auf dem Nachhauseweg kaufe ich eine schicke Wärmflasche und eine ebenso schicke Flasche Crémant, abwechselnd werden die beiden die Aufgabe übernehmen, mich zu wärmen und zu trösten. Der kölsche KBB-Chef Rainer ruft fröhlich an, um mich zu fragen, ob er etwas für mich tun könne. Ob er vorbeikommen solle, vielleicht mit einem hübschen Horrorfilm?

»Ich habe genug Horror für heute gehabt, genug für eine ganze Serie«, erwidere ich schlapp.

Sisseles Bericht ist mir in die Knochen gefahren. Was für ein Mensch wird man mit so einer Geschichte? Gestern noch wollte ich sie in die geschlossene Abteilung einliefern lassen. Mittlerweile kommt mir Sissele verglichen mit ihrer Geschichte relativ normal vor. Ich wünschte, sie wäre erlogen.

Der Crémant und die Wärmflasche zeigen erste Wirkung, mir wird allmählich schummrig und warm.

Wie kann Sissele nur mit dem Erlebten weiterleben? Entweder ist sie eine geniale Geschichtenerfinderin, mit einem Faible für Dramen, dann ist sie im Theater genau richtig. Oder sie hat sich ihr verlorenes Leben irgendwie zurechtgelegt, um es besser auszuhalten. Oder aber sie ist eine Heilige und hat ihrem Vater alles verziehen.

Aber irgendwann muss sie doch Fischel infrage, ihn zur Rede gestellt haben. Vielleicht aber hat sie sich nicht getraut, weil er als Überlebender das schrecklichste Schicksal hatte? Oder Fischel war so aggressiv, dass sie aus Angst vor ihm geschwiegen hat? Sie kann doch unmöglich einfach so alles hingenommen und verziehen haben? Hätte ich das gekonnt? Sisseles Bericht ist zu mächtig, ich fühle mich klein und überfordert.

Ich persönlich tue mich mit dem Verzeihen schwer. Nicht, dass ich in dieser Beziehung allzu oft auf die Probe gestellt worden wäre, aber die bisherigen Male genügten, um mir einzugestehen, dass ich von Papst Franziskus vorerst nicht heiliggesprochen werden würde. Sobald ich das Gefühl einer Ungerechtigkeit verspüre, gibt es für mich kein Halten mehr. Darin bin ich gründlich und enorm nachtragend: Ob ein Verbrechen gegen die Menschlichkeit oder eine Banalität, ich vergesse sie nicht! Ich lege ein lückenloses Verzeichnis an. Alle kleineren oder größeren Vergehen meines Mannes zum Beispiel habe ich in meiner Seele gespeichert und nach Schweregrad katalogisiert. Ich kann sie ganz nach Bedarf abrufen.

Ich habe in meinem Leben natürlich auch schon verziehen. Im Sommer 1982, dann noch einmal 1996 und schließlich noch einmal vor drei Jahren … Aber jeweils nur sehr, sehr ungern.

Es gibt ja Seminare, wo Kinder von Holocaust-Überlebenden und Kinder von Nazis gemeinsames Verzeihen üben. Manchmal funktionieren diese Wochenenden ganz gut, aber zuweilen hassen sich die Betroffenen im Anschluss erst so richtig. Sie sinnen nach Rache …

Die Sache mit der Rache ist wirklich komplex.

Wenn ich nicht schlafen kann, stelle ich mir beispielsweise vor, wie es wäre, einer Rivalin die Augen auszukratzen. Mein Mann behauptet, ich sei nicht zuständig, das sei verjährt, weil vor meiner Zeit mit ihm. »Verjährung?«, antworte ich, »das soll ein Grund sein? Eine billige Entschuldigung!«

In der *Fledermaus* von Johann Strauss geht es knapp drei Stunden lang eigentlich nur um Rache. Die Hauptfigur, Gabriel von Eisenstein, hat nach einer durchzechten Nacht seinen Freund Dr. Falke auf dem Heimweg in einem absurden Fledermauskostüm liegen lassen. Schulkinder finden morgens den armen Kerl mit schwerem Kopf und wenig Kleidung und lachen ihn gebührend aus. Diese Blamage hat Falke seinem lieben Freund Eisenstein nicht verziehen. Er plant eine anständige Revanche, an dessen Ende Eisensteins Frau ihrem Göttergatten die Augen auskratzen möchte. *Die Fledermaus* ist in unendlich viele Sprachen übersetzt, funktioniert in Mexiko und auch in Japan. Rache ist kultur- und kontinentübergreifend. Rache ist sozusagen kosmopolitisch.

Dabei ist *Die Fledermaus* noch harmlos. In den Königsdramen von Shakespeare geht es im Vergleich erheblich blutrünstiger zu. Morde stehen auf der Tagesordnung. Es wird aus Eifersucht oder Machtgier getötet, aus Rache sowieso.

Geht es jedoch um die Shoa, verschwimmen mir endgültig alle Kriterien. Ich höre mir die schrecklichen Überlebensgeschichten an. Ich erfahre über Tante Lilly, dass sie sich in Mauthausen prostituieren musste, dafür aber überlebt hat. Oder vom unglaublichen Glück, das Albert hatte, denn als junger Mann lernte er den Ingenieurberuf, und das hat ihm bei IG Farben in Auschwitz 2, also in Birkenau, angeblich das Leben gerettet. Dazu schweige ich brav und sage nichts über Willkür, aber ich denke es.

In solchen Momenten möchte ich Zorro sein, mit meinem scharfen Säbel mein Zeichen in die Wangen aller Täter ritzen. Sie markieren, damit sie von allen erkannt werden. Ihnen ihre Häuser nehmen, ihr Gold und es diesen armen geschundenen Personen übergeben, deren Schlaf bewachen, sie trösten, ein für alle Mal.

Die Täter von damals sind fast alle tot, und mir bietet sich keine Gelegenheit, in blutigste Aktion zu treten. Aber ich verzeihe ihnen nicht. Niemals. Obwohl gar nicht ich es war, die im Lager unter unwürdigen Umständen überlebt hat, nicht als Prostituierte und schon gar nicht als Ingenieurin.

Ich hätte Fischel nie und nimmer verziehen.

Aber ich ahne, warum Sissele es tun musste. Sie wollte einen Menschen als Vater haben und kein Monster. Sie tut mir schrecklich leid.

Sissele hat mich wieder in die Shoa-Endlosschleife katapultiert, wo die immer gleichen Gedanken sich seit vielen Jahren im Kreis drehen. Es ist zum Verrücktwerden. Was Täter und Opfer gemeinsam haben, ist die Erinnerung an das Geschehene. Doch gemeinerweise können meist nur die Opfer nicht schlafen.

Im Morgengrauen dämmere ich endlich ein, betäubt vom Crémant, mit einer hellblauen Wärmflasche im Arm.

Am nächsten Morgen auf der Probe kämpft Bassa Selim um die Liebe der entführten Konstanze, und obwohl Letztere nicht ganz abgeneigt ist, will sie ihrem Fast-Ehemann Belmonte nicht untreu werden. Das geht ein paar Arien lang so, bis Belmonte endlich aktiv wird, seinen Plan, Konstanze »zurückzuentführen«, wahr macht und alle drei – Blondchen, Pedrillo und die geliebte Konstanze – mit ihm des Nachts zu fliehen versuchen, jedoch vom schrecklichen Bewacher Osmin erwischt werden. Dieser droht mit Folter, Tod und einigem mehr.

Bassa Selim wird hinzugerufen, es ist eine Sprechrolle, er hat keine Note zu singen. Die Schauspieler, die diesen Part übernehmen, haben nur ein paar Sätze Text, um gegen die ausgedehnten Arien der anderen anzuspielen, was ihnen natürlich kaum gelingen kann. Wenn sie endlich an der Reihe sind, platzen sie vor Spieldrang, sie sind aufgeladen, außer sich, übermotiviert. Bei mir bekommt Bassa Selim sicherheitshalber eine Pistole, damit er, falls ihm danach sein sollte, alle über den Haufen schießen kann, im Zweifelsfalle auch sich selbst.

Aber es kommt noch dicker: Kurz vor dem Finale, genau in dem Augenblick, als er die Waffe zieht, erfährt er, dass Belmonte auch noch der Sohn seines ärgsten Feindes ist. Sohn des Mannes, der ihm alles raubte: die Familie, die frühere Geliebte, die spanische Heimat. Ich weiß, es hört sich verwirrend an, ist es auch, aber so steht es nun mal im Libretto. Wie wird seine Rache aussehen? Wird er schießen, Amok laufen? Wird er, wie im Libretto angekündigt, alle foltern und köpfen?

Mein Bassa Selim ist ein hübscher Kerl mit Zopf, der sich enorm reinkniet. Er hat sich während der Probe vor lauter Hingabe überschrien und könnte eine Pause gebrauchen.

Ihn trifft es auch besonders schwer, denn jedes größere Opernhaus besetzt alle wichtigen Rollen gerne doppelt. Vor allem, wenn es sich um beliebte Opern oder Operetten handelt, die über Spielzeiten hinweg im Repertoire bleiben. Es gibt also zwei Belmontes, zwei Osmins und so weiter und so fort. Bloß ihn, die Sprechrolle, gibt es nur einfach besetzt. Er probt also tagaus, tagein mit wechselnden Kollegen. Da die Partie der Konstanze besonders anspruchsvoll ist, gibt es sogar vier Konstanzes, man weiß ja nie. Ich vermute, es werden perspektivisch eher noch mehr.

Der arme Junge hat den ganzen Morgen also schon zwei Konstanzes bedient, eine junge Argentinierin, die eine kleine Stimme hat, aber sich gerne temperamentvoll den Wechselbädern der Liebe hingibt, und die Bulgarin, die vor allem ihre Stimme liebt, doch Mühe hat, die hohen Töne sauber und leicht zu erwischen. Darum steht sie die meiste Zeit still, mehr im Kampf mit der Musik als mit der Szene.

Pause. Wir gehen in die Kantine, die sich vier Stockwerke unter Tage befindet. Es gibt mäßigen Kaffee und ermäßigte Croissants vom Vortag. Der Kantinenfernseher zeigt im Wechsel die Bühnenproben und die Nachrichten. Auf der Bühne üben sie Korngolds *Tote Stadt,* in den Nachrichten ebenfalls. In einem Ferienort in Frankreich ist eine Bombe explodiert. Die Sanitäter sammeln die Leichenteile ein.

Geht das so weiter, werde ich in Kürze verrückt oder muss mich einem anderen Leben hingeben. Landwirtschaft wäre eine Alternative. Die Hallig Hoge in der Nordsee käme auch infrage. Fern von Terror und Theater. Nur einmal im Jahr wäre Land unter, aber ich habe mir sagen lassen, Attentäter mögen keine Überschwemmungen. Ich höre die Sirenen aus dem Fernseher und den leisen Nachhall des Martinshorns auf der Straße vor dem Theater. Am Abend wird es vermutlich bereits neue Tote geben, weil dieser Anschlag von anderen Radikalen inzwischen gerächt wurde.

Die Sänger und ich diskutieren am Kantinentisch tapfer weiter, ob der Neu-Muslim Bassa Selim im Finale mit der tiefen Verletzung durch die Europäer fertigwird oder ob er sich rächen wird. Ob er Belmonte und seine geliebte Konstanze erschießen oder foltern und quälen wird mit Methoden, die er im Vorderen Orient gelernt hat, oder ob er auf seine Rache verzichten kann, vielleicht sogar verzeihen.

Ich gebe zu bedenken, dass es äußerst brutal zugehen müsse, wenn wir die Oper wörtlich nähmen, denn schließlich singt Bassa Selims Angestellter Osmin: »Erst geköpft, dann gehangen, dann gespießt auf heißen Stangen, dann verbrannt, dann gebunden, dann getaucht, zuletzt geschunden.«

Mozarts Musik sei unvergleichlich schön und von beinahe überirdischem Humor, *Die Entführung* eines der wenigen echten Lustspiele der deutschsprachigen Operngeschichte, entgegnet mit lauter, hysterischer Stimme die Dramaturgin, jeden Widerspruch vorab ausschließend, die Abonnenten ...

In der Kantinentür steht plötzlich Sissele. Sie sieht aus wie ein Geist, eine schlafwandelnde Opernfigur.

Rache würde gar nichts bringen, nie und niemandem, sagt sie, setzt sich zu uns, diskutiert vehement mit, als wäre nichts geschehen, während sie auf dem alten Kantinenfernseher die Bilder der anderen Realität übertragen, in der genau das alles gerade passiert: Spießen und Hängen, Köpfen und Verbrennen – nur ohne die unvergleichlich schöne Musik Mozarts.

*

Es regnet. Die Probe kann aus innerbetrieblichen Gründen nicht stattfinden, es ist Ensembleversammlung, oder sie machen einen Betriebsausflug oder beides gleichzeitig, ich bin umsonst hier in der Fremde.

In jeder noch so kleinen oder hässlichen, weil vom Krieg zerbombten Stadt der BRD gibt es ein angenehmes Restaurant. Es erfüllt wichtige Kriterien: Die Kellner sind diskret, gehen auch auf Sonderwünsche ein. Die Speisen sind nicht schlecht, bezahlbar, und der Espresso ist hervorragend. Der Grappa geht aufs Haus und das Lokal schließt spät, gelegentlich sogar sehr, sehr spät.
　Es befindet sich in einer Seitenstraße der Fußgängerzone, unweit des Theaters, aber doch weit genug entfernt, um den Durchsagen des Inspizienten für ein paar Stunden zu entgehen. Ein Fluchtpunkt, eine rettende Insel.
　Wenn ich mal wieder für ein paar Wochen »auf Montage« in einem Theater bin, informiere ich mich als Erstes, wo sich das Schwimmbad befindet, die Joggingstrecke und die Espressobar. Das »besondere« Lokal wird mir sowieso ungefragt ans Herz gelegt. Es ist neben der Bühne der wichtigste Ort, so die theaterinterne Meinung.

Es tröpfelt aus einem durchgehend grauen Himmel, mein Schirm ist in Berlin, ich war schon joggen und schwimmen, habe mich auf die Proben vorbereitet und nochmals vorbereitet, habe mir die Haare gewaschen und nachgetönt, aber es ist immer noch sehr früh am

Abend. Zum Schlafen oder Sterben?, fragt der Witzbold in mir.

Ich habe sogar schon Robbi angerufen. Er würde sofort mit mir tauschen, behauptet er, er vermisse in der Wüste den Regen.

Normalerweise ist er es, der anruft. Wenn er Heimweh nach Deutschland hat, fragt er, ob Schnee liegt oder der Spargel schon schmeckt, je nach Jahreszeit. Ich bin mir immer unsicher, ob ich ihm die Wahrheit sagen oder lügen soll. Er hat es in Israel schon nicht leicht. Dazu noch Deutschland zu vermissen, ist eine echte Prüfung. Meine Theaterberichte langweilen ihn, aber meistens ist er höflich genug, sie sich trotzdem zu Ende anzuhören. Als ich auflege, ist es immer noch sehr, sehr früh am Abend.

Nora hat mir schon drei SMS mit Fotografien unterschiedlicher Modelle von Hijabs für unsere Statistinnen geschickt. Schwarz, weiß oder Afghanistanblau? Elio mailt, er werde feinen Staub auf alles legen, wie nach einem Attentat. Bevor sie auf noch weitere Ideen dieser Art kommen, verabreden wir uns. Nun kommt also das Restaurant ins Spiel, das wundersamerweise nicht Ruhetag hat.

Wir essen Couscous, Fisch, Fleisch, Gemüse. Ein Mix aus allem Möglichen ist drin, unüberschaubar wie im Theater. Nora, die Russin, Elio, der Franzose, und Ulla, die Dramaturgin aus Erfurt, also auch schon fast eine Migrantin. Ulla ist schon ein paar Jahre fest am Haus, dabei erstaunlich offen geblieben. Sie hat die ehrenvolle Aufgabe, Bindeglied zum Haus zu sein, zu vermitteln, zu schlichten. Jetzt erklärt sie uns Freiberuflern den Unterschied zwischen Betriebsausflug und betriebsfreiem Tag.

Zwar würde in beiden Fällen die Probe ausfallen, aber kein Grund zur Aufregung, wir lägen gut in der Zeit!

Wir essen und schweigen.

Elio hat vier Kinder und lebt in Scheidung. Ich kenne ihn, seit Kind Nr. 2 im Kinderwagen lag, also lange. Der Rosenkrieg ist in vollem Gange, ich bin nicht sicher, ob er ihn überleben wird. Mal ist es sein Handy, das aus dem Fenster fliegt, mal sein frisch angefertigtes Bühnenmodell.

Wenn man ihn fragt: »Wie geht's?«, schaut er einen mit seinen schönen braunen Augen an und lächelt vielsagend und höflich: Er habe bislang noch nicht beweisen müssen, dass er nicht fliegen könne.

Er arbeitet gleichzeitig an einer für mich nicht überschaubaren Anzahl von Opernhäusern, ist mit seinen Bühnenbildern immer und überall im Verzug. Ich rechne damit, eines Tages auf einer leeren Bühne inszenieren zu müssen, weil er einen Premierentermin verwechselt hat.

Elio ist ein begnadeter Erzähler. Er hat Schlangen beim Häuten geholfen und Elefantenzähne in Museen gebracht. Sein Vater war der Typ »Großer Gatsby« – und im Grunde ist Elio es auch. Ich höre ihm gerne zu, seine Geschichten erinnern an Stoffe aus Marokko, sie sind bunt, glitzern geheimnisvoll und halten dennoch warm. »Wenn es auch nicht wahr ist, so ist es gut erfunden!«, sagen die Italiener. Elio ist ein wahrer Künstler in diesem Fach.

Nora hat eine kleine Tochter, die kaum laufen kann, aber Russisch, Französisch und Deutsch lernt, Ballett, Zeichnen, und freitags singt sie im Chor. Sie bekommt *Krieg und Frieden* zum Einschlafen vorgelesen, und von der Kleidung bis zum Salat muss alles bio sein.

Ich versuche Nora darauf vorzubereiten, dass ihr ambitioniertes Vorhaben, ihr Kind zum Kunstwerk zu meißeln, scheitern könnte. Nora grinst: »Weißt du, meine Liebe, als ich in Moskau Geld für meinen Führerschein zusammenhatte, kaufte ich mir stattdessen lieber ein Auto!« Nora wird überall überleben, so viel ist schon mal klar, und ihrer Tochter wird sie genau das beibringen. Nicht ganz verkehrt.

Ulla aus Erfurt kann nicht mithalten, was die spektakulären Geschichten der anderen beiden betrifft. »Einer muss ja auch zuhören!«, bemerkt sie trocken, womit sie für ihren Beruf als Dramaturgin prädestiniert ist. Im Moment übt sie, Wahrheit und Fiktion zu unterscheiden.

Viele meiner Kollegen mögen Dramaturgen nicht. Sie halten sie für diplomierte Klugscheißer, die im letzten Moment auf einer Probe auftauchen, alles, was sie sehen, auseinandernehmen und als unfertiges Durcheinander zurücklassen, um dann wieder zu verschwinden und etwas richtig Kluges für das Programmheft zu fotokopieren.

Ich mag Dramaturgen. Und wenn ich genau nachdenke, gehören mindestens fünf meiner besten Freunde diesem Berufsstand an. Sie erklären mir, was ich da gerade tue (ich bin meistens während der Probenzeit so involviert, dass ich es nicht mehr so genau weiß), behalten Abstand, Ruhe, und ich kann mich herrlich mit ihnen streiten.

Gestern ist das Bühnenbild in die Drehscheibe geraten. Die Maschine hat den hinteren Prospekt auseinandergezerrt und das halbe Portal mitgerissen. Niemand ist dabei zu Schaden gekommen, erstaunlich, allerdings muss jetzt erst einmal alles repariert werden, was dauern kann.

Elio hatte es kommen sehen, hatte »Stopp! Stopp!« geschrien, seine zarte, unausgebildete Stimme hatte sich überschlagen. Aber niemand hatte ihn gehört. Der Bühnenmeister ist untröstlich.

»Warum die Bühne kaputtgehen muss, wenn draußen schon die ganze Welt in die Luft fliegt – erkläre mir das bitte mal einer!«, hörte ich Elio murmeln.

Elios Sohn weigert sich, in die Schule zu gehen, die Tochter möchte ein neues Handy, die Kleinste hat Geburtstag, die Ex einen Neuen und kann sich um ihre Brut nicht kümmern. Elio ist mit mir in der Provinz gefangen und versucht, telefonisch den Verkehr zu regeln. Um sich abzulenken, erzählt er in seinem weichen französischen Akzent von noch schrecklicheren Dingen als dem Familienalltag, also vom Theater. Bei der letzten Produktion sind die drei Knaben aus der Zauberflöte im Seilzug stecken geblieben – sie wurden gerettet. Im Jahr davor ist die Assistentin rückwärts in den Bühnengraben gefallen – sie hat überlebt. Aber als man in Eindhoven zum Premierenapplaus den Regisseur suchte, hing er im Schnürboden.

Könnte mir auch passieren, denke ich, wenn das hier so weitergeht.

Nora will nicht ins Hintertreffen geraten, auch sie sei Kummer gewöhnt: Im Herrenfundus regne es rein, im Damenfundus gebe es Motten, der Herrenschneider habe einen Burn-out, und die Chefin der Damenschneiderei mache die Hälfte der Arbeitszeit Yoga, damit ihr nicht das Gleiche passiere. Man habe eine Außenfirma beauftragt, die Kostüme zu nähen, diese habe horrende Preisvorstellungen, man überlege nun, mit den Sängern nach Polen zu fahren, um die Kostüme dort nähen zu lassen.

»Was? Polen?«, frage ich. »Wie soll ich dann proben? Oder werden mir für die Zeit Ersatzsänger aus Polen zur Verfügung gestellt?«

Der ganze Theaterbetrieb ist komplett absurd! Wir sollten alles verschieben. Die Premiere und überhaupt. Am liebsten würde ich den Standardsatz für solche Situationen brüllen: »Ich reise ab, so kann ich nicht arbeiten!«, aber er ist einfach zu abgedroschen.

Ulla ist bemüht, die Ehre des Hauses zu retten. Alle täten doch ihr Bestes, es seien halt harte Zeiten.

»Das kann man wohl sagen«, antworte ich säuerlich. Wir trinken.

Sooft ich es mir auch sage: »Es ist doch nur Theater!«, es fühlt sich anders an. Es fühlt sich an, als ginge es mindestens um Leben und Tod. Und obwohl wir alle wissen, dass wir nur so tun, als ob, dass wir spielen oder spielen lassen, dass wir für die Zuschauer einen Traum erzeugen, eine fiktive Welt behaupten, benehmen wir uns alle so, als wäre die Realität fiktiv und wir, das Theater, die Oper, die Bühne, die eigentlich wahre, die wirklichere Welt.

Wir sind verrückt und haben uns daran gewöhnt. Le Chaim! Lasst uns anstoßen!

An den Nachbartischen sitzen mittlerweile Kollegen, wir senken die Stimmen. Alle hören immer und überall mit. Theaterleute sind nicht gerade Geheimnisträger. Wo wird ähnlich viel getratscht? Bei der FIFA vielleicht. Oder im Bundestag.

»Sie reden über uns«, sagt nun auch Nora, »ich kenne mich da aus, Moskauer KGB und so.« Nicht einen Funken Ironie in der Stimme.

»Habt ihr das auch?«, fragt sie nach einer Weile vorsichtig. »Feinde wie sonst nirgends außerhalb der Theatermauern?«

Elio grinst zustimmend, auch ich verstehe nur zu gut, was sie meint.

»Man war sich nah«, flüstert Nora, »man hat die Welt verändern wollen mit seiner Sicht der Dinge in dieser oder jener Oper. Während der Proben dachte man, man wird sich nie wieder trennen, und von einem Moment auf den anderen wird man zum Feind fürs Leben. Kennt ihr das?«

Und ob! Ich habe Feindschaften miterlebt, die ganze Ensembles einbezogen haben. Mal stieg einer die Erfolgsleiter hoch und wollte seinen bis dato liebsten Mitarbeiter doch nicht nach oben mitnehmen. Mal beschuldigte man sich gegenseitig des Ideendiebstahls, dann wieder des Mangels an solchen.

Wir schweigen, hängen in Gedanken liebevoll unseren Feindschaften nach, löffeln die Crème brûlée.

»Das hat mit Hingabe zu tun«, bemerke ich altklug. »Nur in der Liebe und im Theater wechseln die Emotionen so rasant wie vehement!«

Dabei muss ich unwillkürlich an Susanne alias Sissele denken und meine Hassliebe zu ihr, die mich in den letzten Tagen schwer geprüft hat. »Sie ist die wahre Herausforderung in dieser Produktion!«, posaune ich. Meine Mitstreiter halten mich für überspannt, beleidigt resümiere ich für sie Sisseles dramatische Lebensgeschichte, frage am Ende – zugegebenermaßen nicht ganz wertfrei –, was sie davon halten.

Elio sagt, es gebe Absurderes, das wahr sei. Sie sei eine schöne Frau, daher sei es ein Muss, ihr zu glauben. Nora ist sich sicher, dass sie lügt, sie habe in Moskau gelernt, Wahrheit und Lüge haargenau zu unterscheiden. Wenn Frauen in dem Alter noch so eine Figur hätten, dürfe man ihnen kein Wort glauben.

Ulla kann sich nicht entscheiden, weiß aber sicher, dass Wahrheit und Lüge nicht mit dem Aussehen zusammenhängen.

»Na, ihr seid mir wirklich eine Hilfe!«

»Was willst du hören?«, kontert Nora. Sie hat natürlich recht. Ja, was will ich hören?

»Wir könnten sie gemeinsam besuchen, ihr ein Weilchen zuhören, sie ernst nehmen, sie tut mir irgendwie leid«, schlägt Ulla vor.

»Wir alle? Ich weiß nicht, ob *mir* das so guttut! Und wer sind wir denn? Den Haag, Oberster Gerichtshof? Ich muss schon den Bühnenprospekt reparieren …« Wir blicken Elio strafend an. Sind wir ein Team oder nicht? Er gibt kleinlaut nach.

Am Nachbartisch wird getuschelt und zu uns rübergeschielt. Wir spitzen die Ohren. Es geht das Gerücht um, dass die bulgarische Konstanze nun doch nicht die Premiere spielen wolle, solange ich die Regisseurin bliebe. Sie könne unmöglich so viel singen und dabei spielen, ihre Agentin ließ mir ausrichten, ich hätte keine Ahnung von Oper. Mozarts Musik bräuchte keine überflüssigen Bewegungen, schon gar kein Theater. Ich denke, sogar Pavarotti hat sich mehr bewegt als diese Bulgarin!

»Den Gefallen, aus Protest zu gehen, tue ich ihr schon mal nicht«, sage ich laut, »und wenn ich die Premiere selber singen muss!« Der Nachbartisch schweigt betroffen. Wissen sie, wie ich singe? 'Ndrangheta, denke ich. Wir würden töten, aber im entscheidenden Moment spielen wir das Morden nur.

Immer mehr Ensemblemitglieder kommen herein, der Betriebsausflug scheint zu Ende zu sein, die Tische sind voll besetzt, es könnte eine lange Nacht werden.

Elio und Nora müssen telefonieren. Elios Sohn hat eine syrische Familie im Wohnzimmer einquartiert, er findet, die deutschen Behörden seien zu zögerlich. Noras Tochter möchte eine goldene Katze, andere russische Mädchen in Berlin hätten das auch. Ich entschuldige mich bei Ulla, auch ich würde mal zu Hause anrufen, ich wüsste gar nicht, was meine Söhne so trieben. Was meinen Mann betrifft, gibt es keine Zweifel: Er sitzt am Klavier. Mit einem Komponisten als Ehemann braucht man nicht viel Fantasie.

Sammy, mein Jüngster, hat sich in seine neue Trompete verliebt, er habe jetzt keine Zeit zum Telefonieren, murmelt er, er müsse sich schnellstens 52 Big-Band-Standards aneignen. »Du wolltest doch nie Musiker werden ...«, stammle ich.

Der Große erklärt mir, als er endlich an sein Smartphone geht: »Mama, ich lasse das Studieren sein, jetzt weiß ich ganz sicher, was ich werden will. Ich werde Schauspieler, ist das nicht toll?«

Ulla hat sich inzwischen zum Nachbartisch gesetzt und noch eine Runde bestellt, sie winkt mir fröhlich zu.

Ich aber habe nur einen alten Witz im Kopf:

Frau Rosenkranz und Frau Beerentraub sitzen auf einer Parkbank.

»Was machen Ihre Kinder?«, fragt Frau Beerentraub.

»*Einer Arzt, der andere Anwalt*«, antwortet Frau Rosenkranz.

»*Und wo sind sie jetzt?*«, fragt Frau Beerentraub.

»*Dort!*«, sagt Frau Rosenkranz und zeigt auf zwei im Sandkasten spielende Kinder.

Ich bin schon genauso wie Karl und erzähle mir selbst alte jüdische Witze. Es steht wirklich schlecht um mich.

*

Wie konnte das nur passieren? Ich habe David nie bestärkt, Schauspieler zu werden. Im Gegenteil. Ich hatte immer gewusst, dass er ein ausgezeichneter Anwalt werden würde. Eloquent und stets das letzte Wort habend. Er hatte schließlich jahrelang sehr wortreich und dialektisch klug den Aufstand gegen seine Familie geprobt. Und jetzt das. Ich bin meiner Aufsichtspflicht nicht gebührend nachgekommen. Anstatt zu Hause meine lieben Kleinen zu betreuen, pflege und hege ich irgendwelche kapriziösen Sänger, damit ihre empfindlichen Stimmen ein elitäres Publikum verzücken. Ich hasse meinen Beruf.

Langsam schiebe ich das Rad den Hügel hoch, es ist drei Uhr nachts, und ich bin schwärzester Laune. Die Obdachlosen schnarchen vor der Sparkasse. Ein paar Migranten spielen Schach. Wenn mein Freund Aron noch leben würde, könnte er David davon überzeugen, dass es auch andere schöne Berufe gibt. Mir wird er nicht zuhören, warum auch, ich bin die Mutter. Er wird sagen: »Gerade du! Hast du mir nicht tausendmal erzählt, dass du mit vier deinen ersten Film gemacht hast? Für den großen Marschall Tito. Wie verblüfft deine kommunistischen Eltern waren, dass du eine Jüdin spieltest. Wie stolz. Dass sie durch dich ihr Trauma als verfolgte Juden überwinden konnten, ohne auch nur eine einzige therapeutische Sitzung besuchen zu müssen. Du warst praktisch ihre Antwort auf die Shoa! Glaubst du wirklich, es war ein Zufall, dass die Wahl auf dich fiel, damals?

Die blinde, etwas eitle Zufriedenheit deiner Eltern hatte doch eine gewisse zwangsläufige Logik!«

Ich sage doch, Anwalt wäre ideal!

Wie spät ist es in Israel? Ich könnte Robbi anrufen und ihn bitten, ein Wörtchen mit David zu reden. Aber Robbi würde mit ihm die SPD-Strategie für die Bundestagswahl im Jahr 3000 ausarbeiten …

Vielleicht könnte er ihn wenigstens dazu bewegen, zu Ende zu studieren und dann, meinetwegen, in die Politik zu gehen!

Warum bin ich eigentlich so panisch? David will sich keinen goldenen Schuss setzen, er will Schauspieler werden. Wie seine Mutter. Er hat einfach nur eine vererbbare Krankheit.

Es dämmert, als ich die Wohnungstür aufschließe. Soll ich wirklich noch schlafen gehen? Auf dem Aldi-Parkplatz vor meiner desolaten Unterkunft wird schon die Milch geliefert. Auch kein Traumjob. Der Fahrer schaut zu meinem Fenster hoch, grinst mir zu. Er arbeitet in der Nachtschicht und hat gute Laune. Ich sollte mir ein Beispiel daran nehmen.

Berufe werden oft in Familien vererbt. Generationsweise Lehrer. Ärzte. Die Tischlerei der Vorfahren. Man macht das weiter, was man kennt und jahrzehntelang miterlebt hat. Auch wenn es schrecklich ist. Ob der Vater des Milchausfahrers auch schon Milchausfahrer war?

Nein, es ist kein Zufall.

David war neun, als man ihn bei einem Casting zum Hauptdarsteller für einen Film über die Nazizeit auswählte. Er spielte einen jüdischen Jungen im illegalen Berliner

Untergrund. Ich erinnere mich, wie ich ihn zu den Dreharbeiten begleitete, wie ich die Besetzung irritierend fand, aber merkwürdig glücklich war. Wie damals meine Eltern.

Es ergab plötzlich einen Sinn, warum ich, warum wir in Deutschland waren. David demonstrierte unser Überleben, genau dort, wo man versucht hatte, uns flächendeckend auszulöschen.

Das dachte ich damals, sagte es David natürlich nicht, schließlich hatte ich in jahrelangen Sitzungen bei Frau Dr. Luise gelernt, dass der Holocaust nicht mehr das Grundthema meines Lebens sein sollte.

Hatte David nur das Trauma geerbt, oder auch die Begabung, es zu bewältigen? Wiederholte sich in ihm meine Geschichte?

Eigentlich wollte ich beide Jungs raushalten, aus der Misere der Shoa und der des Theaters.

David spielte den Jungen im Untergrund bravourös, betete das Kaddisch fehlerfrei, machte, nachdem der Film abgedreht war, Bar-Mizwa, und weder Film noch Synagogen spielten in seinen weiteren Lebensjahren irgendeine tragende Rolle.

Und jetzt, fünfzehn Jahre später, will der Junge Schauspieler werden! Ich schwöre, hier vor dem Aldi-Parkplatz: Ich habe David nie ermutigt. Im Gegenteil, ich wusste schon immer, dass er als Jurist, als Diplomat, notfalls als kommunaler Politiker durchschlagenden Erfolg haben würde, und das konnte ich nicht oft genug wiederholen. Sein kleiner Bruder Sammy hingegen ist der geborene Arzt. Aufmerksam, genau und gut in Latein. Er darf auf keinen Fall Musiker werden. Wie oft habe ich ihm vorgebetet: *Geht ein Musiker zum Arzt. Sagt der Arzt: Sie haben noch drei Tage zu leben. Fragt der Musiker: Ja, aber wovon?*

Haben beide nicht oft genug mitangesehen, wie der Geldautomat mit einer raschen Bewegung die EC-Karte schluckte? Wie die vollgepackten Tüten bei Rewe an der Kasse stehen bleiben mussten, bis das notwendige Bargeld aufgetrieben worden war? Die Kleidung war getrödelt, die Schlittschuhe geliehen, eine Pommes und eine Cola zu zweit, und die Sommerreifen fuhren verbotenerweise den ganzen Winter über den vereisten Kurfürstendamm.

Wir hatten ihnen die abschreckenden Biografien von Mozart, Caspar David Friedrich und Hans Fallada vorgelesen, Filme über Piaf, Karl Valentin und Caravaggio gezeigt. Und das war noch die erfolgreiche, wenn auch verzweifelte Spitze des Eisbergs.

Sie hatten unseren Gesprächen zugehört, wenn wir nicht weiterwussten, Streitereien beigewohnt, wer wie viel verdient hatte und warum es wieder einmal vorne und hinten nicht reichte. Sie hatten unendlich viele missratene Theater-, Opern,-, Musical- und Filmabende und lange, aufreibende Proben über sich ergehen lassen müssen, weil der Babysitter nicht gekommen war.

Das Ensemble verstritten, die Intendantin Alkoholikerin, der ehrgeizige Dirigent nicht anwesend. Der Diva war zur Premiere die Stimme weggebrochen, die Zuschauer hatten geschlafen, die Kritiker den Abend verrissen. Wochenlang konnte man sich davon nicht erholen.

Und ausgerechnet diese Kinder wollen jetzt Künstler werden?

Zugegeben, es gibt die Momente des Glücks. Diese Augenblicke, entsetzlich kurz und unbeschreiblich. Wenn man etwas erschaffen hat, was es so noch nicht gegeben hat. Eine Melodie. Eine Inszenierung. Eine Seite Text. Einen Abend lang zu fliegen glaubt, weil plötzlich alles stimmt. Der Text kommt wie neu über die Lippen, der Körper ist ganz leicht. Dieser Augenblick, wenn der Dirigent mit der Ouvertüre beginnt, wenn sich der Vorhang hebt und noch alles möglich ist.

David und Sammy waren dabei, wenn die Komposition ihres Vaters vor Publikum zum ersten Mal zu hören war. Sie kannten jeden Ton, das Geklimper, das sie über Wochen gehört hatten, war doch irgendwann zu einer Melodie geworden. Sie sagten »Läuft doch« zu mir, wenn nach einer Premiere der Applaus nicht enden wollte.

Sie hatten mitangehört, wenn ich voller Eifer von unlösbaren Inszenierungsproblemen berichtete. Es würde ein Fiasko werden, der Chor würde streiken, die Sänger seien krank … Sie sahen das Endergebnis. »Wo ist das Problem?«, fragten sie grinsend.

Weil es die schönsten Theater-, Opern-, Musical-, Filmabende geben kann, und Proben voll Gelächter und Erfüllung. Deshalb wollen sie vermutlich Künstler werden.

Und obwohl sie wissen, dass nur ein winziger Prozentsatz es zu teuren Autos, Anzügen aus feinem Zwirn und Villen mit Pool bringt, von denen natürlich auch sie träumen, sind sie bereit, im Notfall auch darauf zu verzichten. Es ist eindeutig zu spät, sie sind angefixt: Das süße Gift des kreativen Glücks kreist in ihren Adern.

Für den Himmel auf Erden.

*

Joggen statt schlafen heißt die Devise. Der Milchausfahrer hat mir frische Milch vor die Haustüre gestellt. Das ist ja wie früher! Ich will ihm danken, aber er ist schon fort zum nächsten Aldi-Parkplatz. Tapfer trabe ich los, es geht nichts über frische Luft.

Die Sonne schiebt sich durch den Frühnebel, im Fluss baden die Enten, fühlen sich gestört durch die Irre, die um diese Uhrzeit joggt. Enten haben kein so kompliziertes Leben, vermute ich, schlafen bestimmt durch und gehen nie um fünf Uhr früh joggen. Ente müsste man sein.

Meiner Theorie nach hätte ich Ärztin werden müssen wie der Herr Papa oder wenigstens Architektin wie die Mutter.

Ich war 18, als ich mich für die Schauspielschule bewarb, noch heute kann ich den Anfang des Antigone-Monologs auswendig.

> *O Grab, o Brautgemach, o unterirdisch*
> *Gefängnis allezeit! Ich geh dahin*
> *Zu all den Meinen, deren schon so viel*
> *Persephone im Totenreich empfangen.*
> *Und ich, die letzte, sterb am bittersten,*
> *Eh' sich erfüllte meines Lebens Teil.*

Die Enten stieben auseinander, sie mögen wohl keinen Sophokles.

Wie viele Berufe gibt es, die sich anfühlen, als würde es dabei um Leben und Tod gehen? Zwölf? Dreizehn? Hebamme? Astronaut? Rallyefahrer? Chirurg? Auf jeden Fall Schauspielerin! Als ich mich an der Schauspielschule bewarb, fühlte ich mich, als hätte ich nur die Wahl zwischen zwei fatalen Alternativen: Selbstmord zu begehen oder Schauspielerin zu werden. Sturm und Drang, im Theater alles ausprobieren, ausleben, alles sein dürfen. Gegebenenfalls auch tot.

Ich trug die Passage vor, in der Antigone von ihrem Onkel Kreon eingemauert werden soll, weil sie gegen dessen Verbot ihren Bruder Polyneikes beerdigt hat. Das führt zu einigen Suiziden in der Familie: Zuerst nimmt sich Antigone selbst das Leben, ihr Verlobter Haimon, Kreons Sohn, folgt ihr und zuletzt tötet sich Eurydike, Kreons Frau. Familienaufstellung à la Antike. Die Zuschauer, hatte ich gelesen, sind aufgerufen, die Geschichten auf ihre eigenen Familien anzuwenden. Sie durchleben und lösen ihre Konflikte beim Zuschauen der Tragödien. Mit Komödien funktioniert es genauso, das Durchleben der Situationen macht bloß für gewöhnlich mehr Spaß.

Es war keine einfache Rolle für mich, die Sprache, die Gefühle der armen Antigone waren größer als alles, was ich bisher erlebt hatte, dennoch ging ich in ihr auf, fühlte mich seltsam aufgehoben und bestand den ersten Teil der Aufnahmeprüfung, denn was Tote betrifft, kenne ich mich aus.

Ich trug ein Herrenhemd, ein besticktes Jäckchen und einen Afrolook wie die Jackson Five. In der Hand hielt ich einen Koffer, und als man mich im zweiten Teil der Prüfung fragte, warum ich Schauspielerin werden wolle, legte ich mich richtig ins Zeug: »Sehen Sie, Antigone und ich, wir sind uns ähnlich. Was Tote betrifft, sind wir Profis!«

Ich zeigte auf meinen Koffer. »In diesem Koffer habe ich sämtliche Überlebensgeschichten der Shoa und des Balkan!« Ich könne ihn gleich hier und jetzt auspacken, mit welcher Geschichte solle ich anfangen, bitte sehr?

Es wurde still, man lächelte mich unsicher, aber durchaus freundlich an.

Die Prüfungskommission bestand aus sechs Personen. Sie hatten sich vorgestellt als Sprech-, Gesangs- und Tanzlehrer, einer war der Vorsitzende und bewegte sich wie ein Schlangenmensch. Eine Schrecksekunde lang dachte ich, es sei Klaus Maria Brandauer. Der Schlangenmensch im schwarzen Rollkragenpullover schaute von seinen Papieren auf. »Bitte, Ihren Namen noch mal?«, sagte er vorsichtig.

»Altaras, das ist ein sephardischer Name, spanische Juden, aber das ist schon länger her, jetzt leben wir in Gießen! Das ist zwar nicht vergleichbar, aber trotzdem in Ordnung.«

Der Mann wiederholte das Wort »Sepharden«, dann das Wort »Gießen«, sie klangen wie kostbare Rätselworte, er lächelte bemüht.

»Vor Gießen aber war natürlich nicht Spanien, das war im Mittelalter, vor Gießen waren Zagreb und Split, da waren wir Partisanen, also eigentlich meine Eltern, ich habe nur in einem Partisanenfilm mitgespielt, für Marschall Titos Geburtstag.«

Ich war ein bisschen aufgeregt und brachte die historische Reihenfolge in meinem Bericht ordentlich durcheinander, aber ich wollte die Prüfung unbedingt bestehen und bot schwungvoll an, die einzelnen Stationen meines Weges zu spielen, vielleicht würde man sie dann besser verstehen. Ich glaube, der Vorsitzende wollte gerade so etwas wie »Nein danke, nicht nötig!« sagen, aber da hatte ich schon die Kippa meines Vaters und seinen schwarzen Hut aus dem Koffer geholt.

»Ich beginne gleich mit der Deportation der Wiener Juden.« Bei dieser Ankündigung schluchzte die rothaarige Frau, die sich als Gesangslehrerin vorgestellt hatte, laut auf.

»Ich kann das natürlich gerne überspringen und gleich mit dem Lager beginnen. Also, das KZ war in italienischer Hand, deshalb nicht so schlimm, die Italiener waren Faschisten, aber keine Antisemiten. I nomi per piacere! Da dove venite …«

Den Rest des Textes trug ich auf Italienisch vor, die Gesangslehrerin schluchzte leise weiter, der Sprecherzieher kam in lauernder Haltung näher. Er fragte sehr leise: »Sie sind mosaischen Glaubens?« Ich sagte: »Ich bin Jüdin, ja.« Er zuckte unmerklich zusammen. Es herrschte eine große Hilflosigkeit auf beiden Seiten. Also machte ich den Vorschlag, etwas über den Balkan zu erzählen.

Im Nachhinein denke ich, heute würde so etwas nicht mehr passieren, heute sind die Menschen, was Geschichten über Lager und Deportation betrifft, viel cooler, erfahrener, und etliche haben schon Juden gesehen, zumindest im Fernsehen. Aber damals war es noch Terra incognita.

Ich nahm die Offiziersmütze meines Vaters, sie hatte vorne einen roten Stern, sprach nun Kroatisch und erklärte die strategische Position Jugoslawiens den anderen kommunistischen Balkanländern, aber auch dem Westen gegenüber.

Ich weiß nicht, wie viele Mitglieder des Prüfungskomitees des Kroatischen mächtig waren und meinen Ausführungen folgen konnten. Ich selbst fand, dass mir die Darstellung von Josip Broz Tito gut gelungen war, Männerrollen liegen mir bis heute.

»Osamdeset ljudi od moje familije su ubijeni.« 80 Prozent meiner Familie seien umgebracht worden, deshalb hätten Antigone und ich so viel gemeinsam, und deshalb müsse ich zwangsläufig ans Theater. Wohin sonst mit all dem Erlebten? Damit schloss ich mein Vorsprechen.

Die Prüfer waren sichtlich mitgenommen, ich war überzeugt, komplett versagt zu haben. Es wurde lange Zeit geschwiegen. Der Schlangenmensch in Schwarz nahm meine Hand, er schwitzte.

»Wie fühlst du dich jetzt?«, fragte er. Ich sagte: »Ganz gut«, und lächelte in die Runde.

In meinem Koffer befand sich auch die Puppe, die wir im Handarbeitsunterricht in der Waldorfschule genäht hatten. Die holte ich nun raus, setzte sie auf meinen Schoß, ließ sie für mich sprechen, in der Hoffnung, eine kleine Zugabe würde die Entscheidung vielleicht beschleunigen. Mit einer quietschigen Puppenstimme erzählte ich munter von zwölf Jahren Waldorf-Internat. Danach war auch der Sprecherzieher kreidebleich.

Ich schwöre, dass ich weder kokett noch berechnend war. Als sie fragten, ob ich vielleicht noch etwas Lustiges hätte, sang ich beherzt das Lied des Wiener Kammermädchens Lieschen aus *Der Alpenkönig und der Menschenfeind*. Das passte, fand ich, sehr gut zu mir und Marschall Tito:

Ach, wenn ich nur kein Mädchen wär,
Das ist doch recht fatal,

So ging' ich gleich zum Militär
Und würde General.

Die Prüfungskommission zog sich zur Beratung zurück.

*

Nach dem Joggen habe ich Robbi angerufen und ihm von David erzählt. Er hat wie Tevje aus Anatevka reagiert: einerseits, andererseits. Warum nicht beides? Schauspieler und Diplomat? Na klar, habe ich geantwortet: Präsident und Astronaut. Das auserwählte Volk kennt wirklich keine Bescheidenheit.

Auch von Susanne habe ich ihm kurz erzählt. Eine jüdische Souffleuse in der Provinz! Er hat gelacht: »Auffangbecken Theater, der Ort für alle übrig gebliebenen Meschuggenen, neben Israel, versteht sich.«

Ein paar Proben lang hält Susanne sich vorbildlich. Souffliert und schweigt. Eines Morgens jedoch stellt sie sich neben mich und jammert leise, sie fühle sich krank und ob ich sie wieder besuchen würde, es tue so gut, mit mir zu reden. Ich erwidere, natürlich, natürlich, sie solle nach Hause gehen und sich erholen. Wir würden sie gerne auch zu dritt besuchen, praktisch das ganze Leitungsteam.

»Du traust mir wohl alleine nicht?«

»Sollen wir etwas mitbringen?«, frage ich schnell und probe mit forciertem Schwung weiter.

Nora, Ulla und ich sitzen nach der Probe auf Susannes Sofa, Elio auf einem Küchenhocker, Sissele steht.

Sie hat uns hineingebeten, hat uns alle drei sehr lange umarmt, eine konspirative Stimmung verbreitet. Jetzt hocken wir befangen wie Schüler vor der Lehrerin. Sie läuft um uns herum, bringt Getränke, schließt die Vorhänge. Sie spinnt ihr Netz, wir haben uns längst darin verfangen. Man entkommt Susanne nicht. Eine Stehlampe beleuchtet die Bilder aus einem Nachschlagewerk über das Sonderkommando in Auschwitz.

Ohne Vorrede legt unsere Souffleuse los. »Wer im Sonderkommando arbeitete, starb an Schwäche oder Wahnsinn, nahm sich das Leben oder wurde entsorgt. Alle fünf, sechs Monate wurden die Kommandos ausgetauscht, ermordet. Sie hatten zu viel gesehen. Niemand sollte je von diesem Ort erfahren, wo die Kleider ausgezogen wurden, wo die Duschen mit dem Gas warteten, wo, bevor die Leichen in die Öfen kamen, das Zahngold herausgebrochen wurde. Wo das Ende vom Ende war. Die Effektenkammer – die Aufbewahrungsstelle – in Auschwitz hieß ›Kanada‹. Kanada, wie das reiche Land am anderen Ende des Atlantiks. Hier gibt es auch eine Art Reichtum. Denn hier wird die Kleidung sortiert, die Brillen, die Schuhe. Wertgegenstände aller Art. Von denen, die gerade angekommen sind, oder von jenen, die bereits als Rauch durch die Schornsteine davongeflogen sind. Das Aufräumkommando arbeitet hier, aber auch Häftlinge aus dem Sonderkommando, wie mein Vater, Fischel Chaimberg. Es ist eine begehrte Arbeit. In den Kleidern lassen sich eingenähte Kostbarkeiten der Deportierten finden. Auch die Kleidung selbst, warme Mäntel, Schuhe, ist Gegenstand für Tauschgeschäfte. Wer erwischt wird, wird bestraft, gefoltert, getötet. Aber das Risiko lohnt sich. Denn solange man nicht erwischt wird, hat man es warm, mehr zu essen, Alkohol und sogar Frauen. Man darf in die Prostitutionsbaracken, ein Privileg, sonst nur der SS vorbehalten.«

Nora ist blass, Elio konzentriert, und Ulla macht sich Notizen.

Die Fotografien, die Susanne uns zeigt, sind unscharf, grobkörnige Schwarz-Weiß-Bilder, Häftlinge, die misstrauisch in die Kamera schauen, Leichenberge. Sie sind mir nicht neu. Sie in diesem Zimmer zu sehen, das nach Patschuli riecht und in allen Ecken mit Batikkissen versehen ist, scheint mir absurd. Also erhebe ich mich mutig und sage: »Susanne, worauf willst du hinaus?«

Susanne funkelt mich an, sie ist eine Kreuzspinne, zart, aber eisern, denke ich, notfalls sticht sie zu. »Sissele, sag Sissele zu mir!« Dann bittet sie samtweich um etwas Geduld, sie müsse etwas weiter ausholen.

Elio sichert ihr alle Zeit der Welt zu, er ist ihrem schwarzen Zauber verfallen, während Nora Sissele mehr als skeptisch betrachtet. Ulla notiert auch das.

Sissele zeigt uns Aufnahmen von den Frauenbaracken in Auschwitz. Ich frage mich, ob wir die gesamte Geschichte des Holocaust durcharbeiten werden und ob sie sich danach besser fühlt. Will sie uns manipulieren, damit wir ihr helfen? Nora und Elio als Nichtjuden weichkochen, damit diese mich überreden, mich um sie zu kümmern? Mein Gott, ich leide schon an Verfolgungswahn!

»Der Mann auf dieser Aufnahme hier ist Fischel, mein Vater. Die Frau daneben heißt Shaina, Shaina ist ein jiddischer Name und heißt die Schöne.«

Sissele hält das Buch hoch und zeigt auf ein Foto. Es ist ein besonders unscharfes Foto, aber ein großer Mann und eine blasse dünne Frau lassen sich doch ausmachen.

»Wer ist jetzt Shaina?«, frage ich.

»Shaina war Fischels große Liebe. Er hat sie mit warmen Anziehsachen und Essen versorgt. Er hat sie gerettet!« Sissele lächelt verklärt.

Eine Liebesgeschichte in Auschwitz? Kann das sein? Wie soll das gehen?

Sissele redet mechanisch weiter.

»Die Männer- und Frauenbaracken sind in Auschwitz getrennt, Männer haben keinen Zugang zu den Frauen – mit einigen Ausnahmen. Fischel als Mitglied des Sonderkommandos hat wohl einen besonderen Status und Zugang. Er bringt Shaina einen warmen Mantel, in den Seitentaschen stecken sogar wollene Handschuhe. Shaina bedankt sich. Er organisiert Essen. Shaina isst mechanisch. Er will mit ihr sprechen. Abwesend hört sie zu. Sie ist fast bewusstlos vor Angst, Kälte und Hunger.«

Ich flüstere Ulla zu: »Woher will sie das so genau wissen?«

»Vielleicht weißt du auch nicht alles?«, flüstert Ulla zurück und schreibt stoisch weiter.

Sissele schaut mich streng an.

»Dann hat Fischel die Idee mit den Ringen. Er bastelt aus Blechlöffeln zwei identische Ringe, einen für sich, einen für Shaina. In der Mitte ein rotes Herz, seitlich ein großes S und F. Und er ritzt ihre und seine Lagernummer in die Ringe. Er sitzt eine lange Zeit daran, ihm bleibt jeden Tag nur wenig freie, unbeobachtete Zeit. Er weiß, er liebt Shaina, viel mehr weiß er nicht mehr über sich. Das tägliche Schleppen der Leichen, das Schrubben des blutigen Bodens, die Schreie, der Geruch haben seine Sinnesempfindungen geschluckt. Eines Tages kommt er aufgeregt zu ihr.

Er sagt irgendetwas von Ende, von Russen, ›Kocham

cię – ich liebe dich‹, und drückt ihr den Ring in die Hand. Er steckt sich seinen an den Finger. ›Kocham cię‹, wiederholt er und ›Komm mit, komm mit‹. Dann wird Fischel auf den Todesmarsch geschickt. Wenige Wochen später wird das Lager von der Roten Armee befreit.«

Damit endet Sissele und bittet uns zu gehen, sie sei sehr, sehr müde.

Wir marschieren schweigend zur nächsten Kneipe. Dieser freie Abend ist anstrengender als jeder Probentag meines bisherigen Lebens.

Elio hält Sissele für eine traurige Person, die viel Fantasie brauche, um das Leben zu ertragen. Nora ist fassungslos über Sisseles Chuzpe, so einen ungereimten Mist zusammenzulügen. Ulla meint: »Die Geschichte ist so abstrus, wie nur die Wahrheit es sein kann. Ringe aus Löffeln mit roten Herzen, das denkt sich doch niemand aus. Vielleicht hat diese Shaina, um Fischel zu danken, mit ihm geschlafen, und Fischel hat es für Liebe gehalten? Aber warum erzählt sie uns das? So viel Mühe nur für unser Mitgefühl?

Ich hab's bereits betont: Dramaturginnen sind Gold wert! Wir sind mittlerweile beim dritten Obstler.

»Sie will, dass ich mit ihr losziehe, um ihre Familie, ihre Cousins zu suchen«, antworte ich. »Sie hat sich in den Kopf gesetzt, dass nur ich das schaffe. Wegen meinen Büchern, weil ich Jüdin bin, warum auch immer … Deshalb packt sie die schlimmsten Geschichten aus. Ich wette, ihr sollt mich überreden, ihr zu helfen. Sie manipuliert uns alle, bis sie bekommt, was sie will! Am besten sofort. Ich bin doch nicht die Wohlfahrt!«

»Hör auf!«, sagt nun überraschenderweise Nora. »Ulla

hat recht. Sie ist in Not, das sieht man doch! Sie ist traumatisiert.«

»Dann fahr du doch mit ihr durch die Gegend, wenn du sie so toll verstehst«, antworte ich pampig.

»Erst mal müssen wir unsere *Entführung* zu Ende bringen, dann sehen wir weiter. Die Kunst geht schließlich vor...«

Damit gießt Ulla sich und uns den letzten Klaren ein. Sie ist einfach ein diplomatisches Genie. Es ist fast vier Uhr früh, wir werden auf der Probe aussehen wie der Heiland, frisch vom Kreuz genommen.

*

Nicht nur im Leben, auch auf den Proben haben es die Menschen nicht leicht. Die Belmonte-Tenöre (zwei, da ja doppelt besetzt) kämpfen mehr mit den Schwierigkeiten ihrer Partie als mit Bassa Selim um ihre Geliebte Konstanze. Wir befinden uns im zweiten Teil der Oper. Endlich haben die vier Liebenden einander gefunden, nun fangen die beiden Tenöre (Korea gegen Liechtenstein) in einem komplizierten Quartett an, ihren Frauen (auch zwei, da ja auch doppelt besetzt – Argentinien gegen Bulgarien) vorzuwerfen, dass sie ihnen in der Gefangenschaft untreu geworden seien. Sowohl die bulgarische als auch die argentinische Konstanze finden ihre Liechtensteiner und koreanischen Belmontes zunehmend selbstbezogen, sie reagieren angemessen prätentiös und gestehen sich ein, dass vielleicht der edle Orientale Bassa Selim doch der bessere Fang wäre, eventuell sogar der bessere Ehemann. Der Sänger des Pedrillo kommt aus Lima und würde am liebsten nur flirten. Er hat bereits einen schriftlichen Verweis von der Intendanz bekommen: küssen nur ohne Zunge. Er bedauert es. Der zweite Pedrillo ist weit über sechzig, hat einen Hexenschuss, sitzt am Bühnenrand und singt von dort aus.

Der Bösewicht Osmin aus Finnland bringt 140 Kilogramm auf die Bühne und ebenso viel komische Begabung. Was sich zwischen ihm und der charmanten Chinesin alias Blondchen an Kapriolen ereignet, hätte Mozart gefallen. Der zweite Osmin ist Ukrainer und will sich lieber mit Blondchen prügeln, er behauptet, die Klitschkos seien praktisch Familie und Boxen sei eine andere Form des Gesangs und der Liebe.

Ich jongliere tapfer mit allen Eigenheiten und Befindlichkeiten.

Die Doppelbesetzungen an den Opernhäusern machen mir zu schaffen, am Schauspiel gibt es das kaum. Ständig singen andere Paare miteinander, die Kombinationen sind oft irrwitzig. Mal ist im Liebesspiel die junge Geliebte dreißig Jahre älter als ihr Kerl, dann wieder ist der spritzige Tenor ein Zentnermann und erdrückt die magere Sopranistin. Glaubwürdigkeit in der Oper ist ein weites Feld!

Ich schimpfe vor mich hin, dass es vorne und hinten nicht zusammenpasst. Das KBB schickt mir Pralinés, zusammen mit neuen Krankmeldungen und wieder neuen Sängerkombinationen. Ulla sitzt nunmehr durchgehend hinter mir, wiederholt litaneienhaft: »Alles wird gut! Wir schaffen das schon!«, und füttert mich mit Nüssen.

Elio hat beschlossen, nicht mehr auf die kaputte Drehbühne zu warten. Jetzt drehen die Statistinnen in schwarzen Hijabs eigenhändig das Bühnenbild. Man weiß nie, wer von ihnen gerade auf der Bühne ist, nur ihre Augen sind zu sehen. Eine beängstigende Körperbedeckung. Wie können Osmin und Bassa Selim ihre vierte Frau von ihrer siebten unterscheiden, frage ich mich? Sie sehen alle aus wie schwarze huschende Wolken auf zwei Beinen. Mir kommt eine Idee: Wie wäre es, wenn sich die vier Liebenden, Belmonte, Konstanze, Blondchen und Pedrillo, in diese schwarzen Umhänge werfen, um unbemerkt aus dem Serail zu verschwinden?

Auch Sissele ist wieder bei den Proben dabei, als wäre nie etwas gewesen. Sie ist von ausgesuchter Höflichkeit, mischt sich dafür jetzt ein, wo sie nur kann. Zufällig herrscht gerade Ruhe, als sie mich aus heiterem Himmel fragt: »Das mit den Hijabs ist gut, aber was genau hast du eigentlich mit dem Serail vor? Könnte das Serail nicht ein modernes … tja … sagen wir, Bordell sein, in dem Bassa Selim seine Depression mit diversen Liebesspielen behandeln lässt? Und dann schenkt er diesem Osmin zur Belohnung die eine oder andere Frau? Jetzt zum Beispiel das westliche Blondchen? Und wieso vergreift sich Bassa Selim nicht an Konstanze? Warum macht er ausgerechnet bei ihr eine wundersame Ausnahme und hält sich vornehm zurück?«

»Danke, Sissele! Auf die Idee, aus dem Serail ein Bordell zu machen, sind ja schon etliche andere gekommen. Daher lassen wir das lieber!«, sage ich laut. Dann setze ich mich neben sie und flüstere sehr leise und streng: »Und außerdem sind wir hier nicht in Auschwitz, und es geht nicht um deinen Vater und auch nicht um diese Shaina.«

Sissele starrt mich wütend an.

Laut verkünde ich: »Bassa Selim möchte, dass Konstanze ihn liebt, sich ihm aus freien Stücken hingibt. Er droht zwar mit Folter, aber am Ende wird er sie großmütig gehen lassen. Es handelt sich hier um eine Komödie!«

Sissele steht jetzt. Sie blickt sich um, ob auch alle sie sehen können, dann trompetet sie: »Mag ja sein, aber ein Serail ist und bleibt ein Bordell, Komödie hin oder her!«

Die Sänger haben aufgehört zu spielen, der Chor zu plaudern, in den Gassen stehen die Bühnenarbeiter und schauen interessiert wie selten auf das Geschehen. Souffleuse gegen Regisseurin, das hat es hier noch nicht gegeben.

»Pause!«, verkünde ich. »Zwanzig Minuten Pause!« Ich muss nachdenken.

Dann schaue ich Hilfe suchend zu Nora, Elio und Ulla.

»Was ist los, Sissele? Wie soll ich diesen Haufen zusammenhalten, wenn in den eigenen Reihen immer wieder unnötige Unruhe ausbricht?«

»Du machst es dir zu leicht, Adriana«, wispert sie durch die zusammengepressten Lippen. »Du bleibst immer nur an der Oberfläche. Die Hijabs sind Dekor. Was aber steckt hinter dieser Kleidung? Erst wenn man in den Abgrund schaut ...« Ich bin sprachlos.

Sissele hört nicht auf: »Die Kernfrage ist doch: Wer übt welche Macht aus? Wer ist abhängig von wem und warum? Und was ist mit der Ohnmacht dieser Menschen? Ja, auch dieser Frauen?«

Sosehr mir ihr Übergriff auf die Nerven geht, sosehr er meine Arbeit stört und meine Nerven strapaziert, weiß ich doch, dass sie in diesem Punkt recht hat.

Macht und Ohnmacht sind die Koordinaten. Zwischen Frauen und Männern. Zwischen Tätern und Opfern. In Auschwitz ganz bestimmt und vielleicht auch in der Sicherheit des klassizistischen Opernhauses.

Im normalen Leben, im KZ und bei Verdi oder Mozart.

Ich gehe auf Sissele zu und umarme sie zögerlich. Es fühlt sich überraschenderweise vertraut an.

*

Ungefähr eine Woche vor der Premiere beginnen die Bühnenorchesterproben, das heißt, im Bühnengraben sitzt nicht mehr nur einsam der brav klavierspielende Korrepetitor, sondern nunmehr das ganze tapfer dreinspielende Orchester.

Der Opernbetrieb kennt keine Weihnachts-, Oster- oder Pfingstpause. Was für andere Feiertage sind, bedeutet hier Hochkonjunktur und doppelte Arbeit. Man hat die Saison durchgearbeitet, jetzt gehen alle auf dem Zahnfleisch, und die beginnenden sommerlichen Temperaturen verstärken den Wunsch nach Urlaub.

Im Graben herrscht Unwilligkeit. Mallorca, nicht Mozart wäre das Zauberwort.

Aber Anna, meine Dirigentin, probt mit Hingabe, Mozart ist heikel, auch das Schwere muss leicht klingen, man hört jeden Fehler, und Anna ist Perfektionistin.

Auch Sissele ist im Graben, genauer gesagt im Souffleurkasten, unwillig natürlich. Die Sänger bringen ihr Süßigkeiten, damit sie sie im Ernstfall nicht im Stich lässt, sie sind nervös, und ihre Text- und Musikhänger nehmen historische Ausmaße an. Abwechselnd starren sie auf den Dirigenten, suchen die Monitore, sie spielen nichts von dem Erarbeiteten, jetzt geht es einzig und allein um die Musik. Es dauert, bis wieder Leben in sie gerät.

Dennoch sind solche Endproben herrliche Tage, denn nun bin nicht mehr ich es, die in der ersten Reihe steht, was die täglichen Ansagen betrifft, jetzt ist Anna, meine Dirigentin, dran, sie bestimmt die Proben, übt minutiös Kritik, der Opernbetrieb hängt an ihren Lippen. Ja, manchmal, noch recht selten, ist der Dirigent eine Dirigentin. Das ändert nicht viel, außer dass die meist junge Frau noch mehr Energie und Strenge an den Tag legen muss als ihre männlichen Kollegen, und sehr guten Lippenstift.

Der Zuschauerraum ist leer, ich kann sitzen, wo ich möchte, zuhören und mich fallen lassen.

Meine Theorie, warum Orchestermusiker oft so schwer handhabbar sind, ist folgende: Sie arbeiten unter Tage, das heißt, sie werden nicht gesehen oder spielen für etwas, das sie nicht sehen, Töne ins Nichts, das frustriert sie, und als Rache bereiten sie gern allen anderen die Hölle, in der sie bereits sind. Zudem sitzen sie über Jahre zwischen denselben Musikern, die sie schon lange nicht mehr riechen, geschweige denn hören können; zu laut, schlecht intoniert, geschmacklos phrasiert, dergleichen mehr.

Ich dagegen liege ihnen zu Füßen, mit ihnen ist Mozart endlich angekommen, und nach und nach beginnt ihre Anwesenheit auch auf der Bühne zu wirken. Die Darsteller lassen sich in die Musik fallen, diese wiederum stützt sie in ihren Handlungen.

Anna, in den vergangenen Wochen stets hilfsbereit und fröhlich, mutiert hier in wenigen Sekunden zu einer strengen Despotin. Lobt, tadelt im Sekundentakt, tötet mit Blicken.

Ich bewundere und liebe meine Dirigentin, bringe ihr in den Pausen Kaffee und ein Handtuch, sie ist nass geschwitzt, hat sich buchstäblich verausgabt. Sie muss die wilde Meute zusammenhalten, eine schwer zu bändigende Truppe kleiner Genies mit ausgeprägtem musikalischem Willen, alles kleine Mozarts.

Während einer solchen BO, wie es in unseren Kreisen heißt, übersetzt: Bühnenorchesterprobe, steht mir plötzlich ein anderes mögliches Ende des Stücks vor Augen. Die Musiker wiederholen das Quartett ab Takt 259 zum fünfzehnten Male, »Es lebe die Liebe«, Anna, ganz feurige Dompteuse, steht mit hochrotem Kopf im Graben und schreit: »Es muss grooven wie ein Rap! Bitte noch einmal!« Die erste Geige, ein fast sechzigjähriger Ungar, nickt beflissen und ist zu allem bereit.

Ich setze mich neben Ulla und flüstere: »Was hältst du von folgendem Schluss: Konstanze entscheidet sich am Ende für Bassa Selim. Sie geht gar nicht mehr zurück zu Belmonte. Ich stelle es mir so vor: Langsam gehen unsere vier Liebenden ab, das Licht wird müder, da reißt sich Konstanze los, gibt ihren Brautstrauß Belmonte, verdeckt das Gesicht mit dem Brautschleier und nimmt Bassa Selims Hand.«

»Das könnte funktionieren!«, flüstert Ulla, das Orchester übt eine leise Stelle, »gerade jetzt, im Klima der Islamophobie, wird sich das Feuilleton darauf stürzen.«

»Ich finde dieses Ende falsch!«

Sisseles Kopf ragt aus dem Bühnengraben hervor. Sie hat sich zu mir gedreht und schert sich einen Dreck um das spielende Orchester. Es ist ein Sakrileg, in eine musikalische Probe hineinzuquatschen.

Wie hat sie mich überhaupt gehört? Hat sie ein Abhörgerät installiert oder die Ohren einer Fledermaus?

»Wird Konstanze jetzt eine Muslima? Ist ihr der Westen zu freizügig geworden, oder was? Braucht sie etwa strengere Regeln, oder soll es doch die große Liebe sein? Das versteht man doch nicht!«

Sie ist herausgeklettert und steht an der Bühnenrampe.

Jetzt kann ich auch nicht mehr an mich halten, ich schreie: »Sie geht freiwillig in den Orient. Warum, darüber soll der Zuschauer selber nachdenken, basta!«

Das Orchester hat aufgehört zu spielen, schaut vorwurfsvoll in meine Richtung. Dann wieder zu Sissele. Die verschwindet schnell wieder im Souffleurkasten.

Manche Musiker wirken genervt, andere lächeln. Die Dirigentin hebt ihren Stab: »Ich denke, das war der Ruf zur Pause.« Ich nicke ihr dankbar zu, es geht nichts über Professionalität.

In der Kantine steht aber schon der Intendant und hält eine Ansprache, bei Grillwürstchen und Freibier: »Liebe Kolleginnen und Kollegen! Es ist eine gute Spielzeit gewesen, vielen Dank allen Mitarbeitern, allen Gewerken. *Die Entführung* ist ja unsere letzte Inszenierung vor der Sommerpause, die in diesem Jahr von sechs auf acht Wochen verlängert werden wird.«

Allgemeiner Jubel.

»Ich habe mich entschlossen, den seinerzeit von Albert Speer ausgebauten Bühnengraben zurückzubauen, in seine ursprüngliche Form zur Zeit der Weimarer Republik. Das bringt Vorteile für das Orchester, die Akustik wird immens profitieren, und die Seele natürlich auch.«

Zustimmendes Gemurmel.

Ich wundere mich, dass Karl überhaupt an Musik denkt, sein Faible ist das Sprechtheater, nicht die Oper, aber die Sache mit Speer ist ihm ein echtes Anliegen. Vielleicht plant er auch schon den Umbau des Berliner Olympiastadions und der Münchner Feldherrnhalle?

Der Durchruf der Inspizienz ist überall, aber vor allem

in der Kantine scheppernd laut zu hören. Die Probe geht weiter: »Orchester, Souffleuse bitte in den Graben, die Damen und Herren Solisten bitte auf die Bühne. Wir machen weiter bei Takt 259.«

Karl ist mit in den Zuschauerraum gekommen, hat es sich neben mir gemütlich gemacht und beginnt, entspannt und gut gelaunt zu plaudern. Dass sie vorne proben, dass sich ein ganzes Orchester an Mozart abarbeitet, scheint ihn nicht weiter zu stören. Mir ist es unangenehm, ich bitte ihn zu flüstern, was er ungern, aber mir zuliebe tut.

Er erklärt mir im Vertrauen, er glaube nicht, dass der Umbau des Theaters in acht Wochen fertig sei, aber das sei es ihm wert. Um die Spuren der Nazizeit aus seinem Theater zu beseitigen, würde er notfalls auch selbst Hand anlegen. Er habe früher zu den revolutionären Zellen gehört und wisse, welch traumatische Folgen eine nicht aufgearbeitete Vergangenheit für die Menschen habe. Speziell auf Theaterleute würde sich das fatal auswirken. Ob ich inzwischen klarkäme mit Susanne?

Ich stammele: »Nein, ja, doch, ein bisschen«, was ihm augenscheinlich ausreicht, er wirkt zufrieden und gibt seinen neuesten jüdischen Witz zum Besten: »*Kohn fragt seinen Schneider: Kannst du mer machen einen Anzug, aber ganz eng? Bitte keine Falte und vorne so eng, dass man sieht das Geschlecht. – Musst dir machen keine Sorgen, antwortet der Schneider – werde ich dir machen den Anzug so eng, dass mer sieht deine Konfession!*«

Karl kringelt sich vor Lachen. »Ist der nicht gut? Ist der nicht herrlich?«, jauchzt er.

Vor wenigen Tagen hatten Karl und ich einen Disput, ob

man im hiesigen Baggersee nackt baden sollte. Ich finde, dazu ist die Stadt zu klein, zu viele bekannte Gesichter. Karl behauptet, es mache ihm nichts aus, wenn ihn seine Mitarbeiter nackt sähen.

»Aber vielleicht den Mitarbeitern?«, bemerke ich.

Schon allein die Vorstellung: Ich steige aus dem Wasser, und der Herrenchor sitzt nackt am Ufer beim Grillen und bietet mir womöglich noch ein Würstchen an ...

Karl übergeht meinen Einwurf. »*Rabbi, gibt es ein absolutes Mittel, damit eine Frau nicht schwanger wird? – Einen Apfel essen! – Wie? Vorher oder nachher? – Anstatt!*«

Karl lacht laut auf, ich muss leider mitlachen. Er ist ein Kindskopf!

»Wir proben hier noch!«, höre ich Anna aus dem Orchestergraben, grinsend geht Karl endlich.

»Da du schon unterbrochen hast, Anna, darf ich parallel ein neues Finale stellen?«

Langsam werde ich nervös, noch vier Tage bis zur Premiere. Jedes Mal nehme ich mir vor, cool zu bleiben, und jedes Mal habe ich wieder Lampenfieber.

Je näher die Premiere rückt, desto weniger kann die Regie ausrichten. Ich bin zunehmend unwichtig. Langeweile und Panik wechseln sich stündlich ab. Ich rufe Robbi an, er soll mich ablenken oder trösten. Auch will ich ihn um Rat fragen. Soll ich Sissele bei ihrer Suche helfen? Wie stellt sie sich das vor? Robbi müsste wissen, ob es in Israel Anlaufstellen oder Suchmaschinen für die Zusammenführung jüdischer Familien gibt. Aber Robbi hat keine Zeit und würgt mich ab. Er habe wichtigen Besuch aus Deutschland, dem er für ein paar Tage Israel zeigen wolle;

Masada im Morgengrauen, das Tote Meer, Vorträge aller Art und natürlich Jerusalem. Außerdem sei Jerusalem komplett abgesperrt, Sicherheitsvorkehrungen der besonderen Art, der Präsident sei zu Besuch ...

Ich will ihn fragen, welcher, aber da hat er schon aufgelegt.

*

Premieren sind reine Nervensache.

Die letzten drei Tage herrscht jene besondere Mischung aus Vorfreude, Überarbeitung und Hysterie. Nora, zunehmend blasser, fragt alle halbe Stunde, ob Konstanzes Kleid wirklich schön genug sei, sie könne es noch nachts umfärben ... Die Kostümchefin steht hinter ihr und verdreht panisch die Augen.

Elio steht auf der Bühne und spritzt Spinnweben auf alles, damit das Bühnenbild Patina erhält. Nora läuft hinterher und wischt alles wieder weg, die Spinnweben würden vor allem auf den Kostümen kleben bleiben, nie auf dem Bühnenbild.

Die Maskenchefin ist beleidigt, weil mir die Hälfte der Perücken nicht gefallen, Nora versorgt sie mit Rescue-Tropfen.

Anna schreit im Orchestergraben: »Wer hat diese Dienstpläne gemacht? Ich will zur Premiere nur die Musiker, die wenigstens einmal eine Probe gehabt haben, sonst reise ich ab!«

Nacheinander rufen die Sänger an. Sie können nicht singen, Schnupfen, leichter Husten, Halskratzen ... Ich leite sie an Rainer vom KBB weiter, der dem »Haus-HNO-Arzt« sein Büro zur Verfügung gestellt hat.

Die lokalen Zeitungen beginnen mit Vorberichten, die Kasse meldet »Ausverkauft!«, die Stimmung steigt.

Sissele verhält sich merkwürdig ruhig. Seit unserem Besuch hat sie sich zwar immer wieder durch zielsichere Einwürfe bemerkbar gemacht, aber die Sache mit der

Familiensuche nicht weiter forciert. Vielleicht ist sie zur Vernunft gekommen?

Ich werde abgelenkt, denn der ältere Pedrillo habe schrecklichen Mundgeruch, findet das junge Blondchen – ob ich ihm das sagen könne?

Zur Generalprobe kommt erfrischend der Aberglaube hinzu: »Wenn die GP schiefgeht, wird die Premiere gut.« Was für ein Schwachsinn!

Ein Radiosender hat überall Mikrofone aufgestellt, um die Premiere live zu übertragen, der Beleuchtungschef hat Grippe, der Ersatz ist im Aufzug stecken geblieben. Karl hat plötzlich sehr viele Verbesserungsvorschläge, nur leider habe ich keine Probe mehr, um diese umzusetzen.

Ulla hat im soeben fertig gewordenen Programmheft einen Schreibfehler gefunden und möchte alles neu drucken. Die Druckerei hat aber Betriebsferien.

Ich kann nicht einschlafen, weil ich in Gedanken alle Arien in Endlosschleife singe, es wird die dritte Nacht, die ich mir mit Serien um die Ohren schlage.

Am Vormittag des Premierentags besorge ich für die Gewerke und den Chor Bier, Pralinen, Blumen. Für die Solisten, für Nora, Elio und Ulla gibt es kleine individuelle Geschenke mit Glückwunschkarten. Ich habe das gern, eine schöne Tradition, man bedankt und verabschiedet sich in einem, und der Premierentag geht mit Besorgungen vorbei, ohne dass man sich aus Panik vor die S-Bahn wirft.

Geschminkt und im engen Schwarzen betrete ich frühzeitig das Haus, um Geschenke und Toi-toi-toi-Wünsche zu verteilen.

Die Bulgarin hat sich, unterstützt von ihrer Agentin, entschlossen, die Premiere doch zu singen. Spielen wolle sie nur bedingt, das sei generell überbewertet. Bassa Selim verspricht, dafür umso mehr zu spielen.

Der Tenor ist blass, und während er sich einsingt, zittern seine Arme wie die Flügel eines angeschossenen Tieres. Ein Herr aus dem Chor ist betrunken, eine Dame hat einen Gipsarm.

Es gibt Regisseure, die während der Premiere nicht im Zuschauerraum sitzen, sondern beispielsweise mit ihrem Team essen gehen, aber das würde schon mein Magen nicht mitmachen. Außerdem bin ich zu neugierig.

Vorsichtshalber entschließe ich mich aber, alle meine Premierengeschenke, also *Mon Chéri* und *Jägermeister*, gleichzeitig in mich hineinzukippen. Was man hat, das hat man.

Ob der Palast halten wird, fragt sich Elio rechts von mir. Ob das Kleid von Konstanze reißen wird, wenn sie wirklich einmal richtig Luft holt, bangt von links Nora. »Ob die Zuschauer verstehen werden? Mitfühlen? Mitgehen?«, flüstert Ulla, direkt hinter mir.

Dann beginnen die vermummten Frauen die kleine Drehbühne zu bewegen, ich bin machtlos, der Zauber beginnt.

Der erste Akt ist noch nicht vorbei, die Bühne und die Kostüme sehen herrlich aus, der Tenor jubiliert, unsere bulgarische Konstanze singt herzzerreißend: »Ach, ich liebte, war so glücklich« … Ich frage mich gerade, warum sie nicht schon während der Proben so schön gesungen hat. Spielen tut sie plötzlich auch … Da tippt mir jemand auf die Schulter: Ich solle bitte schnell kommen.

Hinter der Bühne herrscht die reinste Panik, die Regieassistentin ist hellgrün im Gesicht. Man habe Susanne aus dem Souffleurkasten geholt, sie habe, als es besonders still war, zu schluchzen angefangen, immer lauter, schließlich habe sie gar nicht mehr soufliert, sondern nur noch geschluchzt.

Die Einzige, die die Oper komplett auswendig kenne und sowieso immer mitsingen würde, sei ich, ich müsse bitte sofort in den Graben, um zu soufflieren.

Rainer vom KBB hebt entschuldigend die Schultern, dann begleitet er mich durch die Unterbühne in den Souffleurkasten. Warum ist Sissele so aufgelöst? Was ist passiert? Da steht Belmonte direkt vor mir, macht wilde Zeichen, ich singe tonlos zur Musik, bewege überdeutlich die Lippen, der Sänger fängt sich, Applaus, nächster Akt.

Noch nie habe ich eine meiner Inszenierungen aus dieser Perspektive gesehen, geschweige denn eine Premiere. Es dauert eine Weile, bis ich mich zwischen den nahenden und sich entfernenden Füßen und Oberschenkeln zu orientieren vermag, immer wieder bin ich Fontänen von Spucke ausgesetzt.

Die Sänger genießen es, mich zu sehen, sie winken mir, wenn sie gerade nicht singen, heimlich zu oder flüstern Beruhigendes, sie reißen ihre Münder auf, und ich kann das Halszäpfchen sehen, das entspannt in ihrem Rachen hängt.

Wer war noch mal im Bauch des Walfisches? Jona? Pinocchio?

»Gut, dass du so klein bist«, flüstert mir Osmin zwischen zwei Arien leise zu.

»Na, macht's Spaß?«, grinst das Blondchen.

Schweißgebadet verfolge ich hautnah die Bewegungen aller, singe sämtliche Partien mit, bin nah am Herzversagen, wenn sie Luft holen oder springen. Anna begleitet sie, fängt sie auf, macht Druck, das Orchester ist unerbittlich.

Mir ist ein Rätsel, wie Sissele hier drinnen überhaupt Zeit hatte zu weinen. Und mir ist schleierhaft, wie meine Darsteller irgendetwas fühlen können bei all den Aufgaben, die sie zu erledigen haben: Singen, spielen, Zwischentexte sprechen, Requisiten finden, auf die Dirigentin schauen oder auf einen der Monitore, im Takt bleiben, den Partner ab und zu anspielen, das Bühnenbild nicht kaputt machen, aber vor allem die Zuschauer fesseln und rühren. Unmöglich! Das kann nicht funktionieren. Wer hat sie in dieses grausame Korsett gezwungen? Ihnen all das abverlangt? Ich werde mich bei der Gewerkschaft beschweren!

In der Pause verlasse ich meinen Stuhl im Graben nicht, ich bin zu erschöpft, es kommt auch niemand vorbei. Anscheinend funktioniert alles, sonst wären sie gekommen, um sich zu beschweren. Alle sind in der Kantine oder erholen sich in ihren Garderoben. Ich stehe unter Schock und glaube, im Halbdunkel zwischen den Vorhängen Sissele zu erkennen, die verschmitzt lächelt.

*

Für die Zeit nach einer Premiere sollte allen Beteiligten eine Reha angeboten werden. Oder wenigstens eine Kur in entlegenen Ostseebädern. Ich fühle mich rekonvaleszent wie nach einer schweren, ungewöhnlichen Krankheit.

Die *Entführung* ist gut angekommen, das Publikum war zufrieden, im Foyer des Opernhauses wurde ausgiebig diskutiert, getrunken. Karl hielt eine seiner berühmten Premierenansprachen, brachte die Namen aller Sänger durcheinander, war dabei aber so charmant, dass ihm das Publikum alles verzieh, das Team eher weniger. Das Buffet war eröffnet.

Sissele ging mit einem Sektglas in der Hand umher, beglückwünschte sich und die anderen, als wäre nichts gewesen.

Meine Söhne waren angereist, sie gratulierten mit einem leise gepressten »Cool« und sorgten für gute Musik auf der Premierenparty. Insgeheim lachten sie uns aus, Oldies, die außer Rand und Band zu Balkanbeat tanzten, Damen aus dem Abonnement eingeschlossen. Egal, dachte ich: Auch Dinosaurier wollen Spaß!

Irgendwann werden sie von alldem profitieren, behauptet meine Therapeutin, ich habe den Verdacht, sie spekuliert darauf, die beiden als Patienten zu erben.

Nora nahm selig Ovationen zu ihren Kostümen entgegen, ich hörte sie mit halbem Ohr sagen, sie hätte von Anfang an gewusst, dass der Abend ein Erfolg werde. Elio flirtete mit der Regieassistentin. Ulla hatte sich wieder einmal vorgenommen, Karl für die Oper zu begeistern: »Du musst dir das so vorstellen: Wenn gehen nicht genügt, dann rennt man, wenn sprechen nicht reicht, singt man!« Er gähnte müde.

Sissele kam mit zwei Sektgläsern auf mich zu: »Schön, dass wir uns kennengelernt haben!« Wir stießen euphorisch auf den Premierenerfolg an. Vielleicht würde ich sie am Ende noch vermissen?

»Ach, Sissele!«, sagte ich überschwänglich. »Du bist mir irgendwie ans Herz gewachsen. Melde dich, wenn ich dir doch noch helfen kann!«

Damit zog ich sie gegen ihren Widerstand auf die Tanzfläche, das war sie mir schuldig. Sie entpuppte sich als gute Tänzerin, und ich konnte mir plötzlich vorstellen, dass es einmal eine andere Sissele gegeben hatte, eine fröhliche und ausgelassene. Ich hätte sie gerne gekannt. Gegen zwei Uhr kamen Nora, Elio und sogar Ulla auf die Tanzfläche, wir sangen Stones, grölten Beach Boys bis zur Stimmlosigkeit, bemerkten gar nicht, dass Sissele sich davongeschlichen hatte.

Inzwischen sind einige Wochen vergangen. Die Sommerpause ist vorbeigerauscht, unbemerkt haben sich die Blätter verfärbt. Ich liege auf dem Sofa der heimatlichen Wohnung, schaue den Wolken zu, die hastig über das Rathaus Schöneberg hinwegziehen, als hätten sie noch einen dringenden Termin.

Wie geht es nun weiter? Ein Leben ohne Mozart kommt mir sinnlos vor. Die bunte und laute Mischung der Choristen fehlt mir, sogar die anstrengenden Solisten, meine Kollegen aus dem Kreativteam sowieso. Elio kämpft inzwischen an der Opéra Bastille mit Puccini und seinem in letzter Minute fertig gewordenen Bühnenbild. Nora ist mit ihrer Tochter in Moskau, sie wollen einen gemeinsamen Winter im Heimatland verbringen, es gehe nichts über echtes Überlebenstraining. Sie schickt mir Bilder von Schneemassen, dabei ist doch erst Herbst. Oder liege ich schon so lange hier? Ulla mailt mir stolz unsere Kritiken, ich lese sie nicht. Es ist immer dasselbe und doch jedes Mal neu: Nach den hysterischen Wochen am Theater kommt die posttheatrale Depression, der ruhige Alltag zu Hause, eine Welt ohne Bühne – keine Alternative.

Ich döse vor mich hin.

David, der eigentlich schon ausgezogen war, hängt plötzlich wieder bei uns herum. Die Semesterferien werden immer länger. Er studiert halbherzig, liebäugelt mit der Schauspielerei, aber den definitiven Sprung ins Künstlerische wagt er trotzdem nicht.

Gestern hatte er ein Filmcasting, ich hatte angeboten, ihn zur Agentur zu fahren. Beim Frühstück entwickelte er wortreich, wie er die Rolle anlegen würde. Er stand auf, nuschelte undeutlich irgendetwas Bedeutungsvolles, ich verstand nur Bruchstücke: diese Textstelle eher zaghaft, jene vehement. Wenn mich etwas irritiert, dann sind es Schauspieler, die »ihre Rolle anlegen«, dachte ich, schwieg, nippte an meinem Tee. Es war viel zu früh für eine Diskussion.

Wir fuhren zu diesem Casting tief im Osten Berlins, David wollte keinen Kaffee (schädlich), kein Croissant (Kohlenhydrate). Wahrscheinlich wird er die Rolle bekommen.

Ich könnte bis zum Sankt-Nimmerleins-Tag hier liegen und die Wolken zählen, wenn nicht ... Ich werde unruhig.

Das ist die Krankheit der Selbstständigen. Nach dem Spiel ist vor dem Spiel.

Sobald ich eine Verschnaufpause habe, bin ich schon nach kurzer Zeit überzeugt, nie wieder Arbeit zu bekommen, in Vergessenheit zu geraten, mindestens zu verhungern. Den Musikunterricht des Jüngsten, die Unigebühren des Großen nicht mehr zahlen zu können. Dann suche ich die Adresse des nächsten Pfandleihers heraus und die goldene Uhr meines Vaters. Nein, diesmal werde ich nicht in Panik verfallen, sondern sinnvolle Zeit mit meinen Söhnen verbringen. Ich war noch nie im Planetarium. Kann man durch Wolken und Sturm hindurch überhaupt die Sterne sehen?

Ich bin voller guter Vorsätze.

Ich bin die Königin der guten Vorsätze. Krame die Listen des vergangenen Jahres hervor, setze meine Brille auf und überprüfe den Stand der Dinge.

»Dreimal wöchentlich joggen« steht da, und: »Drei Kilo abnehmen, nicht mehr fluchen.«

Ich mache eine neue Liste, schreibe fein säuberlich: »Planetarium! Zweimal wöchentlich joggen, zwei Kilo abnehmen, *fuck* sagen ist erlaubt, siehe Präsidentschaftswahl in den USA.«

Vorgestern habe ich mit einem Taxifahrer über Erdoğan diskutiert. Er war von einer Weltverschwörung überzeugt und verteidigte seinen armen, armen Präsidenten. Ich dagegen vermute, sein Präsident wird seelenruhig die Todesstrafe wieder einführen, am liebsten für Künstler.

Bis zu einer ausgereiften Depression ist es bei mir nicht mehr weit. Gleich stehe ich auf, gleich.

David und Sammy haben den Fernseher eingeschaltet, bald ist Bundesliga, ich muss das Sofa räumen. Noch aber laufen die Nachrichten. Ein israelischer Soldat bekommt zwanzig Jahre Haft, weil er einen schon verletzten, am Boden liegenden palästinensischen Terroristen erschossen hat. Das ist ein Novum, ich freue mich, dass Israel doch noch mal zur Vernunft kommt.

Wieder ein neues Attentat in den USA, ein neuer Diktator in Afrika und neuer Rechtsdrall in Europa. Verwunderlich, dass Robbi noch nicht angerufen hat.

Eine Welt im Aufruhr. Bevor mir noch übler wird und meine Gedanken Amok laufen, greife ich ins Bücherregal. In solchen Fällen hilft eigentlich nur William Somerset Maugham.

Ich bin so in meine Lektüre versunken, dass ich erst nach einigen Malen höre, wie Sammy mich ruft: »Mama, es hat geklingelt!« Er läuft zur Tür, kommt zurück und meldet mit gesenkter Stimme: »Da steht eine Frau, irgendwie komisch, sie sagt, sie heißt Fissele oder so.«

Sissele steht wirklich und leibhaftig vor der Tür, einen Koffer in der Hand.

Mit ihrem gewinnenden Lächeln sagt sie: »Hier bin ich. Du hast doch gesagt, wenn ich Hilfe brauche, soll ich mich melden!«

Mein Sprachzentrum streikt. Sie redet weiter. Es sprudelt nur so aus ihr heraus: »Ich habe mir freigenommen, und Karl war so galant, mir den Urlaub zu genehmigen. Er findet auch, es sei notwendig, Familienangelegenheiten zu klären, sonst würden sie einen in Besitz nehmen und innerlich auffressen. Meine Familie kommt aus Osteuropa, sie wollten aber nach Deutschland, sie heißen Max. Unter dem Namen konnte ich sie nicht finden. Wo sollen wir anfangen?«

*

Ich bitte Sissele herein, obwohl ich mir nicht ganz sicher bin, ob sie nicht doch ein Dybbuk ist. Die Seele eines Verstorbenen, der keine Ruhe findet und deshalb in den Körper eines Lebenden schlüpft. Einer harmlosen, glücklich Lebenden, um genauer zu sein: in mich! Sie verfolgt mich, das ist eindeutig. Statt den Sängern ihre Partien zuzuflüstern, souffliert sie mir, füllt mich mit ihren Schreckensbildern – als wären meine nicht genug. Nun gut, in der Euphorie der Premiere hatte ich ihr meine Hilfe angeboten. Aber ich hätte nie gedacht, dass sie sie auch annimmt!

Warum hat sie sich nicht eine andere Komplizin ausgesucht? Jemanden aus dem Vorstand des Zentralrats der Juden zum Beispiel? Die würden so eine Erscheinung aus den tiefsten Tiefen der fatalen jüdischen Tradition mit Handkuss begrüßen. Oder eine schöne Philosemitin? Ich könnte ihr einige Nummern geben und wäre selbst aus dem Spiel.

Aber ich tue es nicht, sondern bitte sie höflich hinein, stelle ihren Koffer in unser Gästezimmer und frage, ob sie schon etwas gegessen habe.

Sie isst mit ausgesprochen gutem Appetit. Essen Dybbuks Rührei und Lachs? Dybbuks sprechen Jiddisch, das weiß ich, weil ich *A Serious Man* gesehen habe, den Film der Coen-Brüder, aber ich hatte damals gedacht, das sei fiktiv, ein Film eben. Doch was ist schon Fiktion?

Sissele jedenfalls ist keine Fiktion. Sie isst unsere Vorräte, trinkt unseren Wein und lässt sich partout nicht entlocken, wie lange sie zu bleiben gedenkt.

»Gut«, sage ich, nachdem ich den ersten Schock einigermaßen verkraftet habe, »was ist der Plan?«

David hat sein früheres Kinderzimmer, das inzwischen Gästezimmer ist, räumen müssen und sich vorsichtshalber gleich ganz aus dem Staub gemacht. »Party, Digger, Party«, hat er gemurmelt, bevor die Tür hinter ihm ins Schloss fiel.

Sammy und mein Mann sind schon lange zu Bett gegangen. Sie hatten Sissele neugierig beäugt, artig Gute Nacht gesagt und mich mit dem jüdischen Dilemma am Küchentisch allein gelassen. Ich stehe auf und hole Stift und Papier.

»Die Familie heißt also Max, sagst du, was weißt du noch von ihnen?«, frage ich, ohne meinen Unmut verbergen zu können.

Sissele denkt, die Augen geschlossen, es haben sich wieder Schweißperlen auf ihrer Oberlippe gebildet.

»Sie stammten aus Polen, glaube ich, das weiß ich eben nicht genau, aber sie wollten nicht dahin zurück. Meine Mutter Malka war eine geborene Leiser, wie Tante Rachel. Bis diese meinen Onkel heiratete.«

»Und der hieß Max? Und mit Vornamen?«

»Itzig. Er war für mich immer nur der Onkel Itzig. Sie wollten weg aus dem DP-Lager, und ich wäre so gerne mit ihnen gegangen!«

Ganz klein wirkt Sissele auf einmal auf meinem Küchenstuhl, wie Alice im Wunderland. Sie rührt mich. »Mama ist nicht mehr da«, sagt sie wie in Trance. »Sie ist weg, einfach so. Ich bin allein, und Mama kommt und kommt nicht.«

Sisseles Stimme ist plötzlich die eines kleinen Mädchens. Ich traue mich weder zu sprechen noch mich zu bewegen.

Nachmittags darf ich zu Aron und Riven, meinen Cousins. Papa erlaubt es, er verschwindet während dieser Zeit, wohin, weiß ich nicht. Er ist oft sehr still, der Papa, oder er schreit. Riven ist schon groß, Aron ist genauso alt wie ich. Wir spielen Verstecken. Die selbst gebackenen Buchteln von Tante Rachel, die mit Blaubeerfüllung, mag ich am liebsten. Mit den Beeren, die rausfallen, kann man sich Tupfen auf die Haut malen. Aber keiner mag hier bemalte Haut.

Es ist schön im DP-Lager, viel schöner als in Israel. Man kann den ganzen Tag spielen, es gibt viele Kinder hier. Es gibt sogar Schnee! Schnee gab es nie in Jaffo.

Riven sagt, sie gehen nach Düsseldorf, eine Stadt weit weg von unserem Lager. Ob ich mitkommen will? Tante Rachel sieht aus wie Mama, kocht aber viel besser, und der Onkel Itzig hat struppige Haare als Augenbrauen und macht immer Witze. Papa ist schrecklich ernst, und als ich sage, ich will mit den anderen nach Düsseldorf, wird er noch viel ernster, plötzlich schüttelt er mich ganz doll, bis ich weine. Sofort rennt er zu Tante Rachel, bleibt vor dem Haus stehen und schreit: »Niemals! Nie und nimmer!«

Und dann sitzen wir im Zug. Obwohl ich viel lieber geblieben wäre. Meine neue Familie ist eine echte deutsche Familie. Sie schlagen Kreuze vor dem Essen, und in jedem Zimmer hängt ein Mann, der Jesus heißt. Schon bald kommt Papa wieder, sagt, dass wir weitermüssen, er ist sehr nervös, während wir Zug fahren, spricht er kein Wort. Dann hält der Zug, und wir laufen entsetzlich lange. Es ist schon dunkel, als wir an einem großen Tor klingeln. Eine Frau, die einen schwarzen Umhang anhat, macht auf, hinter ihr stehen noch viel mehr schwarze Frauen, ich habe Angst. Sie ist nicht sehr freundlich. Ich will nicht bei ihr bleiben. Aber sie will auf keinen Fall Geld. Papa lässt meine Hand los, ich habe nur noch meine Puppe Zipka.

Ab jetzt – immer, wenn ich weine, piksen mich die Nonnen mit der Nadel. Sie sagen, das sind nicht sie, sondern die Juden. Die Juden aus meiner Familie.

Riven und Aron piksen mich, sagen sie. Aber ich glaube ihnen nicht.

Sissele hört auf zu sprechen. Sie ist wieder die sechzigjährige Frau, die Séance scheint vorüber. Sie kann sich sehr überzeugend in eine Fünfjährige verwandeln und hat mich für sich eingenommen. Wie bei einem guten Theaterabend, wenn man nach der Pause wissen will, wie es weitergeht.

Sammy steht im Türrahmen, hat alles mitangehört, ich sage, »Geh schlafen, Kleiner!«, und bringe ihn wie früher ins Bett.

»Weißt du eigentlich, wie spät es ist? Wir sind in den Endproben für *Zar und Zimmermann!*«

Ich habe Ulla geweckt, es ist kurz nach sieben, in meiner Wohnung schlafen noch alle, nur ich sitze nach einer durchwachten Nacht am Telefon. Aus dem Gästezimmer ist Sisseles friedfertiges Schnarchen zu hören, ich gönne ihr einen gesunden Schlaf, aber ganz ehrlich, mir eigentlich noch mehr!

»Ich brauche deine Hilfe, Ulla, sonst werde ich verrückt.

Hast du einen Computer in der Nähe? Du weißt doch, ich bin eine Niete am Computer. Also, Susanne ist hier aufgetaucht, wohnt bei uns, und wenn ich ihr nicht helfe, geht sie nie wieder weg, und auch ich habe ein Leben, ein Leben mit meinen Kindern und nicht mit einem Dybbuk, deshalb kann ich unmöglich die Familie eines Dybbuks suchen, falls es diese überhaupt gibt. Andererseits bin ich auch neugierig geworden. Du musst mir helfen, bitte, Bibliotheken, Archive sind doch dein Steckenpferd, außerdem ist sie aus eurem Theater, ihr seid praktisch mitverantwortlich für diese Meschuggene! Ich weiß, ich weiß, ich müsste nicht, aber jetzt will ich es auch wissen! Du hattest doch versprochen, wir machen das gemeinsam, oder!? Also, gibt es diesen Fischel Chaimberg wirklich? Und wo lebt eine Familie Max oder Leiser aus Polen oder Düsseldorf, ich weiß, das ist nicht dasselbe und alles andere als genau, aber das ist, was ich weiß ... hallo, hallo, bist du noch dran?«

Ulla denkt hoffentlich nur nach und ist nicht kollabiert. »Klavierhauptprobe *Zar und Zimmermann*«, höre ich nach langem Schweigen, »hast du schon mal einen Lortzing gemacht? Kinder tanzen in Holzpantinen, der Bass singt lustig, der Zar dramatisch, nichts passt zusammen, dann haben wir bis um fünf Uhr früh alle Kostüme rausgeschmissen und neue gesucht im Fundus, es sind zweihundert Kostüme, und jetzt rufst auch noch du an!«

»Keine Kostüme, tja, schade, aber hast du schnelles Internet? Du kannst doch jetzt eh nicht mehr einschlafen, oder?«, frage ich vorlaut. Und Ulla legt auf.

Inzwischen ist Sissele aufgewacht. In Davids altem Zimmer hat sie eine CD gefunden: »Black & Beautiful«. Sie ist bestens aufgelegt. »Wollen wir Kaffee trinken?«, schreit sie über Marvin Gaye hinweg. Sie steht unter Davids Filmplakat von Almodóvars Film *Frauen am Rande des Nervenzusammenbruchs*. Ich habe das sichere Gefühl, Almodóvar würde uns sofort besetzen.

Zwei Stunden später meldet sich Ulla per Mail.

Betreff: Meschuggene

Liebe Adriana,
nie wieder Lortzing! Was soll dieser »Zar und Zimmermann«? Der gesamte Herrenchor singt »Ich heiße Peter« (wie in »Das Leben des Brian«, wo sie alle singen – Ich bin Brian und meine Frau ist auch Brian …). »Die lustigen Weiber von Windsor« von Otto Nicolai ist tausendmal besser als dieser Holzschuhscheiß.
Doch jetzt zu unserer Souffleuse: Ich habe ein Archiv entdeckt, das sich vor allem mit dem Schicksal von Displaced Persons beschäftigt. Der ITS – International Tracing Service – in Bad Arolsen, das ist bei Kassel. Dort gibt es alle möglichen Unterlagen über die Bewohner der DP-Lager.
Erst wollte man mich vertrösten, ich solle meine Fragen schriftlich einreichen. Aber mein liebevoller Umgang mit Bibliothekaren, sprich meine Penetranz, hat dann doch geholfen. Bin im Theater, Rainer aus dem KBB versorgt mich mit Espresso, er lässt Susanne und dich schön grüßen. Zu meiner Recherche:
Es gab tatsächlich einen Fischel Chaimberg! Es gibt dort Unterlagen über ihn. Ich habe einen Termin für euch

gemacht, sie waren ganz aufgeregt, die Tochter eines
Überlebenden zum Frühstück zu treffen! Morgen um
11 Uhr erwarten sie euch. Meldet euch beim Nutzerservice. Viel Glück!

Halte durch!
Ulla

PS:
Susannes Geschichte hat sich hier herumgesprochen, Theater halt. Herr Rosen (du weißt schon,
der Notenwart) lässt dich grüßen. Er ist von Susannes
Schicksal gerührt und überzeugt, dass sie mit deiner
Hilfe ihre Familie findet. Er behauptet allerdings auch,
in seinem Büro würde es spuken. Ein Theatergeist
besuche ihn dort regelmäßig, immer am Mittwoch.
Wieso mittwochs? Wagners unruhiger Geist, wenn du
mich fragst!

Das hätte Sissele auch alleine herausfinden können. Hat sie aber nicht. Warum? Wahrscheinlich will sie alles wissen, und gleichzeitig soll es im Verborgenen bleiben. Hört sich idiotisch an, ist es auch. Aber ich kenne das. Habe ich nicht auch für mein erstes Buch angefangen, meinen angeblichen Bruder zu suchen, und auf halber Strecke schlappgemacht? Was befürchtet sie zu erfahren? Und warum traut sie sich jetzt, nach all den Jahren, doch?

Ich mache uns einen Espresso der Extraklasse.

*

Wir fahren in meinem Wagen. Susanne hat Flugangst, und Züge erträgt sie nicht, »wegen der Transporte«. Also bleibt nur das Auto. Mein Wagen ist alt und klapprig, hat zudem nur drei Zylinder, ich bin mir nicht sicher, ob er über den Berliner Ring hinauskommen wird. Susanne sitzt am Steuer. Sie hält es nicht aus, Beifahrerin zu sein. Ich möchte, dass sie zufrieden ist und mich eines Tages, irgendwann einmal, wieder in Ruhe lässt. Also sitze ich neben ihr und beiße die Zähne zusammen, sie redet mit den Händen und überlässt das Lenkrad dabei sich selbst. Wir fahren kleine Schlangenlinien, eingeklemmt zwischen zwei Lkws.

Bad Arolsen liegt in der Nähe von Kassel, rund vierhundert Kilometer von Berlin, wir sind um sechs Uhr losgefahren, dementsprechend einsilbig bin ich.

Sissele dagegen plaudert munter vor sich hin. Die Landschaft, durch die wir fahren, erinnere sie an die Schweiz, ordentlich und schön.

»In der Schweiz gibt es Schilder, auf denen steht: ›Beginn des Nationalparks‹, aber ein Unterschied vor und hinter dem Schild ist nicht zu erkennen. Alles sieht immer aus wie auf einem Gemälde von Ferdinand Hodler. Ich hätte gerne einen Hodler zu Hause, der gehört aber leider nicht zu dem Raubgut von Herrn Gurlitt. Also wird er weder mir noch seinem rechtmäßigen Erben restituiert.«

Wir sind noch auf der A 2, aber schon wieder mitten im Krieg. Wie soll diese Reise weitergehen? Vielleicht hätte ich meine Therapeutin bitten sollen, uns zu begleiten. Sissele macht aus jedem Thema eine Verfolgungsgeschichte! Ich sage müde und beschwichtigend: »Du kannst ihn dir im Kunstmuseum in Bern ansehen, den Hodler. Man kann die Berge allerdings auch direkt vom Bundeshaus sehen, bei Föhn sogar sehr nah, sie sehen dann aus wie gemalt!«

»Ein Land ohne Krieg ist doch was Feines«, kommentiert Sissele meine Worte, »ein Land ohne Krieg und mit ordentlich viel Goldbarren in den Züricher Kellern«, sagt sie ohne einen Hauch von Humor.

Sie ist monothematisch, wenn wir bis Bad Arolsen über den Holocaust reden, brauche ich bei der Ankunft einen Notarztwagen.

»Ich frage mich oft: Wozu überhaupt Theater?«, versuche ich das Thema zu wechseln. »Was ist das für eine seltsame Verabredung, Menschen in einen fensterlosen Raum zu sperren und mit den aberwitzigsten Geschichten zu konfrontieren? Und das schon seit vielen Hundert Jahren. Bei Sophokles saß man immerhin noch im Freien! Hat eine Gesellschaft ohne Künste keine Identität? Keine Selbstkontrolle, kein Spiegelbild? Verliert sich ein Mensch ohne Spiele? Wenn sie aber existenziell so wichtig sind, warum werden sie oft so stiefmütterlich behandelt?«

Sissele lächelt, ich habe sie erfolgreich auf andere Gedanken gebracht.

»Ich arbeite erst seit drei Jahren an der Oper, und worüber ich mich immer noch wundere, sind die Libretti«, sagt sie. »Die sind, was ihre Logik betrifft, sehr speziell, ach was, haarsträubend. Wie können normale Menschen, Erwachsene, solche Geschichten glauben?«

Ich sage nicht: »Das musst gerade du sagen! Deine

Lebensgeschichte kann es, was Glaubwürdigkeit angeht, mit jedem noch so abstrusen Libretto aufnehmen.«

Ich sage auch nicht, dass meine eigene Lebensgeschichte in dieser Beziehung ebenfalls nicht ganz schlüssig ist. Nein, ich umschiffe unsere Lebensumstände souverän und werde ganz Theaterfachfrau, bin froh, ein harmloses Thema gefunden zu haben:

»Zugegeben, die Ungewöhnlichkeitsdichte in der Oper ist hoch, mit aufgeklärtem Verstand und Verweisen auf das reale Leben kann man Libretti unmöglich beikommen. Es gibt haufenweise verloren gegangene Kinder, die wieder auftauchen, Menschen oder Geschwister, die sich bis dato gar nicht kennen, werden eine Familie, und die Familienmitglieder, die sich mögen, müssen sich trennen, weil sie wiederum in Wahrheit zu anderen Familien gehören. Es ist ziemlich kompliziert.

Aber Gott sei Dank gibt es da noch die Musik, ja, es gibt vor allem die Musik, die dafür sorgt, dass das Werk direkt in die Blutbahn und ins Herz geht, ohne Umwege durchs Gehirn. Deshalb ist man gnädig mit den Unmöglichkeiten der Libretti, und erwachsene, kluge Menschen hören sich Wagners Geschichten an, die an Absurdität kaum zu überbieten sind. Menschen, Götter, Wassernixen, Flüche, Weissagungen, okkulte Mächte, alles wirbelt munter durcheinander.«

Sissele hat die Augen zusammengekniffen, starrt auf die Autobahn. Wir nähern uns Göttingen.

»Vor vielen Jahren hat mir einmal ein orthodoxer Rabbiner erzählt, dass ein paar Weise anhand der Zahlen-Kabbala den Holocaust hatten errechnen können. Seinen Beginn, sein Ende. Wenn sie so weise waren, warum haben sie ihn nicht verhindert?, fragte ich ihn. Darauf antwortete er: Wissen ist nicht Verhindern.«

Ich schweige fassungslos.

Bad Arolsen ist ein hübsches Städtchen im Waldecker Land. Die Gebrüder Grimm haben im nordhessischen Wald viele ihrer Märchen zusammengetragen. In der Mitte des Ortes taucht plötzlich eine Art Versailles auf, ein riesiges Schloss in Gelb. Gegenüber eine Klinik, dahinter das Archiv des Internationalen Suchdienstes ITS.

Bereits ab 1946 wurde damit begonnen, die zentral gesammelten Dokumente des NS-Regimes in einer leer geräumten Kaserne sicherzustellen. Man glaubte, in wenigen Jahren würde sich das Archiv erledigt haben. Das Gegenteil war der Fall. Immer neue Dokumente und dadurch immer weitere Facetten der Shoa kamen zutage. 1952 musste ein Neubau her, inzwischen befinden sich über zehn Millionen Schriftstücke zu *Displaced Persons* und eine zentrale Namenskartei im Archiv.

Das Archiv erlebte eine weitere Blütezeit, als immer mehr Überlebende Bescheinigungen brauchten, um nach dem Bundesentschädigungsgesetz Wiedergutmachungsgeld zu beantragen.

Hier, erklärt uns stolz der uns betreuende Herr vom Nutzerservice, konnte man ihnen helfen. Achtzehn Monate Lageraufenthalt mussten nachgewiesen werden, um Anspruch auf Entschädigung geltend zu machen. Eine Nummer auf dem Arm reichte den Behörden nicht.

Im Flur, dessen sanftes Grau mich an meine Krankenkasse erinnert, überlässt er uns einer erstaunlich jungen Historikerin.

Mir schwirrt schon um kurz nach elf der Kopf, der Pulverkaffee aus dem Archiv-Kaffeeautomaten arbeitet gefährlich in meinem Magen.

Wir folgen der Historikerin vorbei an Hunderten von Regalen voll mit Ordnern. Rechts, noch mal rechts, links, rechts – überall Ordner, ein Labyrinth. Von A bis Z ... K wie Kafka ... Würde er in diesem Moment aus dem Regal springen, es würde mich nicht wundern.

Die Historikerin hält vor dem C-Regal, kramt eine Weile und hält schließlich die Akte von Fischel Chaimberg in der Hand. Ein brauner Umschlag, auf der Vorderseite ist der Inhalt vermerkt.

Eine Häftlingspersonalkarte, eine Schreibstubenkarte, eine Effektenkarte und ein Fragebogen. Dazu die Tätowierungsnummer aus Auschwitz und die Häftlingsnummer aus Mauthausen.

»Das ist alles, was wir hier von Fischel Chaimberg haben. Dieser Fragebogen ist aus Mauthausen, dort wurde Fischel Chaimberg befreit. Die Alliierten waren bemüht, alle Insassen der Konzentrationslager zu registrieren. Jeder musste einen Fragebogen ausfüllen.«

<u>Military Government of Germany</u>
<u>Fragen für Insassen der Konzentrationslager</u>

Name des Konzentrationslagers:
Mauthausen
Name des Lagerinsassen:
Fischel Chaimberg
Geburtsdatum:
10.10.1919

Geburtsort:
Lodz
Ort der Verhaftung:
Ghetto Lodz, wegen Auflösung des Ghettos
Datum der Verhaftung:
5.5.1943
Grund der Verhaftung:
Jüdisch
Stellung während der Haft:
Sonderkommando
Wo in Haft gewesen und wie lange:
Transport nach Auschwitz, Ankunft am
15.5.1943
Am 16. Januar 1945 zu Fuß und mit Zug über
Loslau nach Mauthausen
11. Februar 1945 Ankunft Mauthausen
Ort und Datum der Befreiung:
5. Mai 1945 durch die 11. Panzerdivision
der US Army

Im kleinen Leseraum der Bibliothek ist es still. Sissele schaut enttäuscht hoch. »Und nun? Was habe ich davon? Das habe ich doch alles schon gewusst! Ich suche meine Familie, aber von der steht hier kein Wort!« Sissele fängt an zu weinen, sie tut mir leid.

Hinter einem Regal sehe ich Franz K. vorbeihuschen. Er hat einen Käfer in der Hand ... Lieber Gott, hilf mir hier raus!

Gott trägt einen selbst gestrickten Wollpullover und ist vom Nutzerservice. Er hat eine Packung Taschentücher und die Kontakte zum KZ Mauthausen mitgebracht. »Da wollen Sie doch bestimmt auch noch hin, oder?«

Sissele nickt stumm, ihre Wimperntusche hat eine Spur auf den Wangen hinterlassen. Da wollte sie die ganze Zeit schon hin, das hätte ich mir denken können. Wie gut, dass ich immer eine Reisezahnbürste dabeihabe und eine besonders große Tube Zahnpasta.

»Wenn Fischel Chaimberg in Mauthausen war, so ist es gut möglich, dass er einen Zeugenbericht abgegeben hat. Das war vielen Insassen ein Bedürfnis, zwecks Strafverfolgung der Täter. Die Unterlagen sind wahrscheinlich in Wien, wo sich das Hauptarchiv der Gedenkstätte Mauthausen befindet. Ich werde veranlassen, dass die gesamte Chaimberg-Akte nach Mauthausen überstellt wird.«

Wir bedanken uns überschwänglich, die Historikerin hat rote Wangen vor Eifer, der Herr vom Nutzerservice zupft an seinem Pullover, und schon um kurz nach eins sind wir wieder auf der Autobahn, diesmal Richtung Österreich.

Nach Österreich dürfe man nur zu zweit, meint Sissele scheinheilig, den Schmäh dort könne man alleine nicht verkraften. Ich lächle. »Ich weiß, was du meinst.« Sie wählt die schönere Strecke durch den Harz und über Prag. Ich gebe nach und rechne: rund 700 Kilometer, wir werden viel Zeit zusammen verbringen.

Die Sonne scheint, während wir Schuberts *Winterreise* hören. *Fremd bin ich eingezogen, fremd zieh ich wieder aus.* Ich bin kein Fan von Fischer-Dieskau, aber zu dieser Reise passt er irgendwie. Große Leidenschaft ohne wirklichen Ausbruch. Ein singender Dampfkochtopf. Mit rollendem R zieht er seine Laute, bis ich *Terezin,* den tschechischen Namen für Theresienstadt, auf einem schiefen Schild lese.

»Wir können nicht an Theresienstadt vorbeifahren, ohne es uns anzusehen«, sagt Sissele.

»Sie hat diesen Zwischenhalt geplant!«, denke ich sofort, ich bin so naiv, ich habe mich schon wieder an der Nase herumführen lassen.

Das ehemalige KZ Theresienstadt hat schon geschlossen, obwohl es noch gute fünfundvierzig Minuten geöffnet sein müsste, so steht es zumindest auf der Tafel neben dem Lagereingang. Wir hämmern an das Tor. Was für eine absurde Antwort auf die Geschichte – zwei Jüdinnen hämmern an das Tor von Theresienstadt und verlangen Einlass: »Lassen Sie uns rein! Machen Sie sofort das Tor wieder auf.«

Der tschechische Wärter öffnet unwillig, murmelt Unverständliches, lässt uns rasch unsere Runde drehen. Appellplatz, Baracken, durch einen elend langen Tunnel kommt man zur Hinrichtungsstelle, Krematorium.

»Hier sind wir richtig!«, sage ich, denn ich erinnere mich, was ich alles zu Theresienstadt gelesen habe. »Kurt Gerron war hier und Leo Baeck, ein ganzer Haufen Literaten, Schauspieler und Komponisten.«

Wir gehen alleine durch das Lager. Ich würde gerne Sisseles Hand nehmen, aber das kommt mir albern vor. Also läuft jede für sich über die unbefestigten Wege, bis der Wärter uns endgültig mit grimmiger Miene hinausschmeißt.

Bis Prag erzähle ich Sissele von Theresienstadt. Ausnahmsweise kenne ich mich damit besser aus als sie, denn Theresienstadt war das »Künstlerlager«. Und obwohl sie sicher auch schon davon gehört hat, erzähle diesmal ich rücksichtslos weiter. Von den Führungen, die die Nationalsozialisten für ausländische Besucher durch das Lager organisierten. Wie das KZ als »jüdisches Altersgetto«, als »jüdische Mustersiedlung« verklärt wurde, und wie es die Besucher dieser Scheinwelt so gern glauben wollten.

Man drehte sogar einen Propagandafilm: *Der Führer schenkt den Juden eine Stadt,* in dem Juden musizieren, Opern komponieren, Kabarett aufführen und Fußball gegen die SS-Wachmannschaft spielen dürfen. Man wollte zeigen: Seht her, mehr als zweitausend Künstler sorgen hier für kulturelle Unterhaltung! Sogar eine Kinderoper wurde aufgeführt! *Brundibar.*

Ich erzähle von den Besuchen des Internationalen Roten Kreuzes und merke, dass ich beginne, wie Susanne zu klingen. Monothematisch, getrieben.

»Kurt Gerron, der Polizeichef in der *Dreigroschenoper*-Uraufführung, ein Schauspieler und Regisseur, der mit Heinz Rühmann und Hans Albers gedreht hatte, musste den Film von der schönen Judensiedlung inszenieren, er drehte um sein Leben und wurde am Ende doch vergast. Das hast du nicht gewusst, nicht wahr?«

»Nein, das habe ich so genau nicht gewusst«, antwortet Sissele nachdenklich.

Eine Stunde später legen wir auf dem Jüdischen Friedhof in Prag einen Stein auf Kafkas Grab und dann auf alle möglichen Gräber. Wahllos. Alle könnten zu unserer Familie gehören.

Es ist dunkel, als wir fertig sind, dann gehen wir essen. Knödel mit Soße.

*

Die Nacht in Prag war anstrengend. Grölende Touristen torkelten bis in die frühen Morgenstunden durch die Gassen. Prag ist wie jede andere Großstadt geworden, nur lauter. Gott sei Dank konnte ich wenigstens im letzten Moment Sissele davon abhalten, ein Doppelzimmer für uns zu buchen.

»Mauthausen liegt fast so nah an Linz wie Buchenwald an Weimar. Es ist doch erstaunlich, dass trotzdem niemand irgendetwas gesehen haben will!«, meint Sissele, als wir uns am folgenden Mittag der Stadtgrenze nähern. Mir ist ganz flau. Dabei liegt Linz malerisch in der Mittagshitze, auf der Donau ziehen fesche Ausflugsschiffe vorüber.

Ich habe schon mehrfach am Linzer Theater gearbeitet. Man hatte mich dort in der Hierarchie weit oben eingeordnet, und alle nannten mich respektvoll »Frau Doktor«. Im Gegenzug verlangten sie, dass ich sie das auch kräftig spüren ließ. Die Proben hatten immer etwas von einem militärischen Manöver. Eine gewisse Genugtuung, ich muss es zugeben, verspürte ich schon, nun »Chefin« in Österreich zu sein. Als man meine Verwandten aus der Servitengasse deportierte, waren die Befehlsgeber andere.

Tafelspitz mit Kren für Sissele, Backhendl mit Gurkensalat für mich. Die österreichische Küche ist unschlagbar. Mit vollem Mund erzähle ich von meiner letzten oberösterreichischen Inszenierung. Wie viele Jahre sind seitdem vergangen? Fünf? Oder schon zehn?

Wenn man in Österreich arbeiten möchte, braucht man einiges, vor allem gute Nerven. Der Alpenstaat verlangt erst einmal eine Menge Formulare und Fragebögen, noch bevor man überhaupt die Landesgrenze passieren kann.

Wird man auch wirklich wieder ausreisen? Werden die Steuern zu Hause abgeführt? Wie viel Geld führt man ein, verdient man, spart man auf seinem Bankkonto? Möchte man eventuell ein neues eröffnen? Ist man auch wirklich gesund? Krankheiten in jüngerer oder entfernterer Vergangenheit? Ausreichend krankenversichert? Auslandszusatzversicherung? Wie alt, wie gesund, in welchem geistigen Zustand befand man sich, als man die Versicherungspolice unterschrieb? Beabsichtigt man, Tiere, Pflanzen oder bestimmte Käsesorten aus der Heimat einzuführen?

Ich bin eine absolute Niete im ordnungsgemäßen Ausfüllen von Formularen. Schweißgebadet saß ich damals vor den Papieren, machte Kreuzchen eher nach dem Zufallsprinzip, unterschrieb, wo es verlangt wurde. Mir war bis dato nicht klar, dass man, um eine Offenbach-Operette zu inszenieren, eine Ausbildung in BWL oder Verwaltungsrecht benötigt. Am liebsten hätte ich die Inszenierung abgesagt. Ich versicherte allen maßgeblichen Stellen, bestimmt nicht in Wien und schon gar nicht in Linz sterben zu wollen, dann durfte ich endlich arbeiten.

Man hatte mich für *Die Großherzogin von Gerolstein* – eine eine Opéra bouffe von Jaques Offenbach – engagiert, was an sich schon eine *mission impossible* ist. Österreich ist schließlich das Mekka der leichten Muse, jeder Zuschauer, jede Garderobiere, jeder Schlosser oder Bühnenarbeiter, ja, jeder Taxifahrer weiß es besser: So funktioniert der Schmäh! »Schauen's, Frau Doktor, Komödie geht so und nicht anders!« *Die Fledermaus* ist praktisch der *Faust* der Österreicher.

Auch während der Proben wurde sehr auf die Bürokratie geachtet: Jeder künstlerische Mitarbeiter am Haus hatte das Recht auf einen zusätzlichen freien Tag, der nicht der Samstag oder Sonntag war. Also war ich die Hälfte der Probenzeit damit beschäftigt zu überlegen, wer wann freihatte. In der restlichen Zeit konnte natürlich, wenn es sein musste – »Frau Doktor, dafür sind wir da!« –, geprobt werden.

Es dauerte eine Weile, bis ich mich mit dieser spezifisch österreichischen Art des Produzierens abgefunden hatte, aber gute Kaffeehäuser rund um das Opernhaus machten es mir leicht. Die Altstadt und die Donau hatten Postkartenniveau, das Essen war vorzüglich. Wenn man aus Berlin kommt, erscheint einem alles idyllisch. Ich frohlockte, bis ich mich erinnerte, dass Linz des Führers Lieblingsstadt gewesen war, in der er einen Teil seiner missratenen Jugend verbracht hatte. Hier hatte er auf dem kostenlosen Stehplatz bei Richard Wagners Oper *Rienzi* seine historische Mission empfangen: »In jener Stunde begann es!« Hase und Igel. Wo auch immer ich hinkam, war der Führer schon da.

Es half alles nichts: Irgendwann musste geprobt werden. Der k. u. k. gewerkschaftlichen Praxis zufolge fehlten immer mal wieder Sänger, manchmal zwei, öfters drei und sehr oft noch mehr. Dann wurden die Praktikanten und die Garderobieren auf die Bühne gestellt, um die fehlenden Spezialisten zu doubeln. An manchen Tagen war kein einziger Sänger mehr anwesend, nur die Ersatzspieler. Ich hatte mich optisch so sehr an sie gewöhnt, dass mich die echten Sänger und Sängerinnen, falls sie denn mal auftauchten, beinahe störten.

Die Großherzogin von Gerolstein von Jacques Offenbach ist eine Komödie, genauer gesagt, eine Farce. Dieser Herzogin, so das Libretto, ist langweilig, sie braucht Unterhaltung. Ein Krieg muss her. Denn sie liebt Aufmärsche, das Militär, und noch mehr liebt sie diesen jungen schnittigen Soldaten namens Fritz.

Als Kostümbildnerin war Nora dabei, sie fand Österreich fad. Und Aufmärsche hätte sie in Moskau zur Genüge gehabt. Überhaupt hatte sie so viel Ärger zu Hause, dass sie die meiste Zeit hin- und herflog und mir Mozartkugeln vom Flughafen mitbrachte. Wenn sie mal da war, unterhielt sie sich ausführlich mit den Sängern auf Russisch über die Perestroika und die Oligarchen.

Elio probte parallel in Oslo oder Kopenhagen und hatte beschlossen, das Bühnenbild nicht bauen, sondern malen zu lassen, das sei weniger aufwendig, schließlich schaffe er es nicht ganz so oft nach Österreich. Aber ich solle mir keine Sorgen machen, diese Zweidimensionalität würde wunderbar zum Krieg passen.

Die Sänger waren nicht gemalt, im Gegenteil, die Partie der Herzogin gab June, eine Britin, den jungen Soldaten Fritz ein kleiner Tenor, der der Herzogin gerade bis zum Bauchnabel reichte, aber mit goldener Stimme. Ich bat die Großherzogin, den Herrenchor, also ihre feschen Soldaten, über die Bühne zu jagen. Die Britin tat es mit ausgesprochenem Vergnügen, sie hatte Humor. Die Herren vom Chor stöhnten.

Aufrüstung macht Spaß, dachte ich damals, ich ließ schießen und in Deckung gehen. »Alarm! Alarm! Ich will, dass ihr auf allen vieren kriecht! Aufstehen! In Deckung gehen! Vorsicht, der Feind!« Dergleichen brüllte ich, Ribbentrop und Rommel wären stolz auf mich gewesen.

Ich hatte alle Fragebögen ausgefüllt, alle Anträge unterschrieben, jetzt wollte ich dafür meinen Spaß. Ich war ein guter, ein vorbildlicher Offizier, ja eigentlich war ich die geborene Großherzogin!

Der Chor schwankte zwischen Meuterei und Gehorsam, aber im tiefsten Innern waren sie doch straffe Befehlsempfänger, und wenn »Frau Doktor den Krieg haben wollen, bittschön«, sollte sie ihn auch kriegen.

Der Aufmarsch in Hitlers Lieblingsstadt funktionierte vorbildlich. Je länger wir probten, desto realistischer wurde die kriegerische Situation.

»Good Morning, Linz!«, schrie ich zum Probenbeginn, dann ließ ich schießen. Ich hatte definitiv keinen Abstand zum Anschluss Österreichs.

Sissele schaut mich besorgt an. Das will etwas heißen. Sie ist beeindruckt von meinem Österreich-Bericht. Den Tafelspitz hat sie zur Hälfte stehen gelassen. Diesmal mache ich ihr Angst, stelle ich zufrieden fest. Dummerweise mache ich auch mir selbst Angst.

Beim Verlassen des Wirtshauses sehen wir an der Wand der Garderobe alte Schwarz-Weiß-Fotografien: Aufmarsch in Linz, vorneweg Adolf. Es hatte wohl keine Veranlassung gegeben, sie abzuhängen.

Es ist Nachmittag, als wir das Tor zum KZ Mauthausen passieren. Die Archivarin erwartet uns. Auch sie trägt einen selbst gestrickten Wollpullover und verkündet stolz, sie habe mit dem Kollegen aus Bad Arolsen studiert.

»Das Interesse der Österreicher an Mauthausen hält sich in Grenzen, dabei hätte ich viel zu erzählen«, wechselt sie rasch das Thema. Sie hält die Unterlagen für uns schon in ihrem Büro bereit, mitsamt einem kleinen Braunen und einem Stück Käsekuchen.

»Doch«, kommt sie uns zuvor, »das ist nötig, die Stärkung werden Sie brauchen für die Lektüre.«

Die Originale seien im Netz nicht einsehbar, deshalb hätte Sissele sie bisher auch nicht gefunden. Drei Schriftstücke finden sich im Archiv: Fischels handschriftlich ausgefüllter Fragebogen mit seiner Zeugenaussage, das Gutachten eines kanadischen Arztes, Dr. Samuel Aizekovitch, und Unterlagen der JOINT, einer von amerikanischen Juden gegründeten Hilfsorganisation.

»Die Zeugenaussage ist ziemlich drastisch. Trotzdem bin ich heilfroh, dass wir solche Fundstücke haben, die Erinnerung würde sonst noch viel schneller verblassen«, erklärt uns die Archivarin. »Das Gutachten des Dr. Aizekovitch ist so zu verstehen: Als Fischel Chaimberg die Ausreise nach Kanada beantragt hat, wurde er medizinisch vor allem auf Tb untersucht. Und man wollte sichergehen, dass sich unter den ausreisewilligen ehemaligen Lagerinsassen keine untergetauchten Nazis befanden oder sonstige Spione, deshalb fühlten sie einigen noch einmal auf den Zahn. Die JOINT dagegen war bemüht, den jüdischen Überlebenden die Rückkehr in die Normalität zu ermöglichen. Sofern dies überhaupt möglich war.«

Damit überließ uns Frau Doktor ihr Büro.

HEADQUARTERS
THIRD UNITED STATES ARMY

Fragebogen fuer D.P.s
Datum: 5.5.1946
Allgemeine Anweisungen: Saemtliche Fragen beantworten!
Saemtliche Antworten in Druckschrift!

Familienname:
Chaimberg
Vorname:
Fischel
Geburtsland und Geburtsort:
Polen, Lodz
Ihre Nationalitaet:
Polnisch
Ihre Religion:
Israelitisch
Was ist Ihr hauptsaechliches Gewerbe, Beruf oder Beschaeftigung?
Ungelernt
Fuehren Sie unten auf, welche Arbeit Sie getan haben, wo Sie gearbeitet haben und was fuer eine Stellung Sie bekleidet haben (von September 1939 bis Mai 1945):
1939 bis 1940: Arbeit bei meinem Onkel Schmuel in Lodz (Altwaren-Sammlung). Im Getto keine Arbeit.

KZ Auschwitz: Sonderkommando
Wann haben Sie Ihren Heimatort verlassen?
1943
Warum:
Deportiert
Welche deutsche Dienststelle hat Ihnen die Erlaubnis erteilt?
Gestapo
Wollen Sie in Ihre Heimat zurueckkehren?
Nein
Wenn nicht, warum nicht?
Weil ich dort nichts zu suchen habe.
Wollen Sie in Deutschland bleiben?
Nein
Haben Sie Angehoerige in Deutschland?
Nein
Wohin moechten Sie emigrieren?
Palästina
Warum:
Weil ich in unserer Heimat leben will.
Andere Praeferenzen:
Keine. Ich habe niemanden mehr auf der Welt.

An den Fragebogen sind einige handgeschriebene, nur schwer lesbare Seiten angehängt:

Deggendorf im Mai 1946
Ich, Fischel Chaimberg, habe von April 1943 bis Januar 1945 im Sonderkommando in Auschwitz arbeiten müssen. Warum gerade ich für diese Arbeit ausgesucht worden bin, weiß ich nicht. Auch nicht, warum man mich nicht, wie fast alle ande-

ren auch, nach wenigen Monaten vergast hat. Ich bin am Leben geblieben ohne besonderen Grund. Die Arbeit sah folgendermaßen aus: Die Juden, die gleich vergast werden sollten, mussten ruhig gehalten werden. Still sollte es zugehen. Gesprochen haben wir nur das Nötigste. »Bitte ziehen Sie Ihre Kleider aus, Sie werden in die Duschen geführt, es ist gut, dass Sie hergekommen sind, Sie werden gebraucht hier, wir brauchen Ingenieure wie Sie, aber bitte beeilen Sie sich!« Manchmal war ich zu müde, dann sagte ich nicht »bitte«, sondern »schnell, schnell, schnell«. Ich konnte mittlerweile auch ganz gut Russisch und Ungarisch, und natürlich Deutsch.

Die Kleider wurden sofort sortiert, das Essen konnten wir nehmen. Wertgegenstände waren abzugeben. Wer beim Klauen erwischt wurde, wurde sofort erschossen. Die Toten haben sich aneinandergekrallt, sie mussten mit Brecheisen auseinandergestemmt werden, damit man sie aus der Kammer zerren konnte, die Beulen an ihren Körpern platzten auf, die Haut schälte sich, Blut überall. 200 Tote die Stunde. 12 Stunden Dienst. Monatelang. Nach jeder Vergasung war der Raum zu säubern. Vollständig. Dann wurden die Leichen durch den Korridor zu den Krematorien gefahren.

Durch die Arbeit im Sonderkommando bekamen wir ein paar Vergünstigungen, bessere Lebensmittel oder den Zugang zur Frauenbaracke, wo ich Shaina aus dem Ghetto Lodz wiedertraf, die ich mit warmer Kleidung und etwas Essen versorgen konnte. Shaina durfte am Leben bleiben, weil ich andere verbrannte. Ich habe ihr das Leben gerettet. Ich habe meine Arbeit nur noch für Shaina gemacht. Wir wurden in den letzten Kriegswochen getrennt, ich wusste lange nicht, ob sie überlebt hat.

Die Transporte hörten von einem auf den anderen Tag auf.

Plötzlich roch es nicht mehr nach Verwesung. Kein Mensch musste mehr entsorgt werden. Das war ungewohnt. Ich war arbeitslos, aber nicht tot. Ganz sicher war ich mir aber nicht. Der Kapo war tot. Das war sicher. Ich war dabei, als ihn die Häftlinge in Scheiben schnitten.

Wir wurden auf den Todesmarsch Richtung Mauthausen geschickt, wo wir Ende Januar 1945 ankamen. In Mauthausen gab es kaum noch SS oder sonstiges Aufsichtspersonal. Die meiste Zeit habe ich auf der Pritsche gelegen und mich tot gestellt. Dabei war ich nicht einmal ernstlich krank. Nichts fehlte mir außer Shaina. Als ich sie später über das Rote Kreuz ausfindig machen konnte, lebte sie in Israel und hatte dort geheiratet. Ich bin in das DP-Lager Deggendorf gebracht worden. Seitdem denke ich nach, nichts weiter.

Aber es fällt mir nichts ein.

Hier bin ich jetzt schon eine ganze Weile. Welcher Monat ist gerade? Es riecht nach Flieder, und manchmal höre ich eine Nachtigall. Das spricht für Frühling, aber dann wäre ich schon über vier Monate hier. Das erscheint mir lang. Andererseits, was macht das schon?

Ich kenne mich gut aus mit Vögeln, auch mit den selteneren Vogelarten, aber das ist lange her, eine andere Geschichte.

Ich war so sicher, dass Shaina mich irgendwann einmal heiraten würde, so sicher. Jetzt aber stimmt nichts mehr, nicht einmal, dass wir alle befreit worden sind, dass der Krieg zu Ende ist.

Es ist doch zum Lachen, dass man überlebt und dass die große Liebe weg ist.

Meinen Verlobungsring aus Blech habe ich in Deggendorf verschenkt. Ich werde jetzt mit dem Denken aufhören.

Ich habe mich der Hagana angeschlossen. Das ist eine

zionistische paramilitärische Untergrundorganisation. Die haben nicht weit von hier eine geheime Ausbildungsstätte, im Hochland-Lager. Da wurde vor nicht allzu langer Zeit noch die Hitlerjugend ausgebildet.

Ich übe dort das militärische Handwerk: Schießen, Marschieren, Verhalten im Feld, in Deckung gehen ... Wie Überleben geht, habe ich ja schon vorher gelernt. Ich warte, dass ich an der Reihe bin, um auszuwandern.

Ich will nicht in Deutschland bleiben. Sie sind vielleicht keine Nazis mehr, aber Deutsche sind sie immer noch. Die Juden, die noch in Deutschland sind, haben sich zu Handlangern der Deutschen machen lassen. Das will ich nie wieder sein.

Wortlos schiebe ich Sissele den Käsekuchen rüber. Ebenso wortlos essen wir. Es geht nichts über Zucker so nah am Abgrund.

Am liebsten würde ich sagen: »Komm, lass uns fahren ...« Aber Sissele wirkt entschlossen. Ich ahne: Bevor Sissele nicht alles gelesen hat, werden wir dieses Mauthausen nie und nimmer verlassen.

Die Archivarin bringt einen zweiten Braunen. Sie ist ein echter Profi. Warum sie wohl in der Gedenkstätte arbeitet, es gibt so viele schöne Berufe.

»Es ist ungewöhnlich, dass ein Auschwitzüberlebender freiwillig über das Sonderkommando berichtet. Das imponiert mir«, sagt sie. »Es ist kalt hier, nicht wahr? Wegen der Akten. Ich werde veranlassen, die Heizung aufzudrehen, Menschen gehen vor.«

Sie reicht uns das zweite Dokument.

»Dieses Gutachten geht über ein medizinisches Attest weit hinaus. Aber das werden Sie schnell merken.«

Das Original ist auf Jiddisch, angeheftet sind eine englische und deutsche Übersetzung. Maschinenbeschriebenes grobes Papier. Oben links ein verwaschener, unleserlicher Stempel.

Gutachten zu Fischel Chaimberg, vom 21. Juli 1956, Föhrenwald Germany

Mein Name ist Samuel Aizekovitch, 1920 in Breslau geboren, ausgewandert nach Amerika 1932. 1950 nach Vancouver emigriert, ich bin jetzt diensthabender Offizier der Kanadischen Armee und Arzt. Ich war 1945 bei der Befreiung des KZ Bergen-Belsen dabei. Damals führte ich als ermittelnder Offizier mit ehemaligen Häftlingen Untersuchungen durch, um Täter und untergetauchte Nazis ausfindig zu machen. Die Gespräche fanden in Konzentrationslagern und in verschiedenen Displaced Persons Camps statt.

Meine jetzige Aufgabe ist es, die Menschen, die einen Ausreiseantrag für Kanada gestellt haben, medizinisch zu untersuchen, speziell auf Tb. Die Untersuchung von Fischel Chaimberg fand auf der Krankenstation im DP-Lager Föhrenwald statt. Fischel Chaimberg ist ein kräftiger, gesunder Mann. Es bestehen keine Anzeichen für eine Lungenkrankheit. Trotzdem habe ich mir besonders viel Zeit für ihn genommen, da ich Hinweise bezüglich mangelnder Glaubwürdigkeit aus dem Kreis

der ehemaligen Lagerinsassen bekommen
habe. Dass er zum Sonderkommando von
Auschwitz gehörte und überlebt hatte,
machte ihn in den Augen der Mithäftlinge
verdächtig.
Das Gespräch wurde zunächst auf Englisch
geführt.
Auf meine Frage: »Können Sie mir erklären,
warum man Sie für das Sonderkommando
auswählte?«, gab der ehemalige Häftling
Chaimberg keine Antwort. Erst als ich
Jiddisch zu sprechen begann, schaute er
auf und lächelte.
Fischel Chaimberg ist ein robuster, gut
aussehender Mann. Seine Antworten sind
vorwiegend knapp, gelegentlich verliert
er den Faden. Er macht zeitweise einen
verwirrten Eindruck.
Er befand sich seiner Aussage nach für
ein paar Monate im Displaced Persons Camp
Deggendorf, folgend DPC. Die Mithäftlinge, die ihn aus Auschwitz kannten,
schlossen ihn aus, weil sie ihn für
einen Kollaborateur hielten. Er habe
sich Vergünstigungen erschlichen, um
seine angebliche Verlobte zu retten, eine
gewisse Shaina. Diese aber habe nichts von
ihm wissen wollen.
Shaina G. lebt heute in Israel und
verweigert jeden Kontakt mit Chaimberg.
Chaimberg gibt zu Protokoll, dass er
Shaina G. das Leben rettete, weil er seine
Arbeit so vorbildlich verrichtet habe.

Da Leben und Tod in Auschwitz einem System
absoluter Willkür unterlagen, halte ich
das für unwahrscheinlich.
Wie hat Chaimberg überleben können? Hatte
er eine spezielle Position inne? Welche?

Chaimberg wurde während des Gesprächs
plötzlich ausfallend: Was willst du hören?
Ich bin ein Tier, ich kann nicht einmal
mehr weinen. Ich bin gesund. Also lass
mich einfach nach Kanada gehen und lass
mich endlich in Ruhe mit all der Fragerei.
Und weiter: Er würde gerne aufstehen und
mich töten. Aber er wisse schon, das
Töten sei jetzt verboten, so wie es damals
erlaubt gewesen sei.
Chaimberg beruhigte sich erst nach
geraumer Zeit wieder und erklärte, er
sei nach seinem ersten Aufenthalt in
Deggendorf von 1945-47 illegal nach Israel
eingewandert und habe im Militär gekämpft.
Er habe die Armee nach zwei Jahren aus
freien Stücken verlassen.
Nachforschungen aber haben ergeben, dass
er im Militär als Koch tätig war, ein
Disziplinarverfahren bekam und entlassen
wurde.
Auf meine Nachfrage antwortete Chaimberg:
Das Kochen habe er in Auschwitz gelernt.
Es stellte sich der Verdacht ein, dass
Chaimberg aus alter Gewohnheit oder
schlechten Erfahrungen mit der Wahrheit
jonglierte.

```
Auf die Frage, warum er nicht in Israel
geblieben sei, antwortete Chaimberg, dass
der Militärstaat ihn bedrücke.
Chaimberg ist Witwer und lebt mit seiner
vierjährigen Tochter Sissele als Staaten-
loser im DPC in Föhrenwald. Sie haben
einen Ausreiseantrag für Kanada gestellt.
Generelle Einschätzung:
Ich bin mir sicher, dass Chaimberg in
bestimmten Punkten lügt, außerdem gewalt-
tätig ist. Er wirkt auf mich wie ein Opfer
mit Tendenz zur Grausamkeit, aber nicht
wie ein untergetauchter Nazi oder Spion.
Er ist gesund, und einer Ausreise nach
Kanada stimme ich zu.
München, den 21. Juli 1956
Dr. Samuel Aizekovitch
```

Sissele ist abrupt aufgestanden. Der Stuhl ist von der Heftigkeit ihrer Bewegung umgekippt, ein lauter Knall im kleinen Zimmer. »Ein Opfer mit Tendenz zu Grausamkeit, Dr. Aizekovitch, Sie sind ja ein wahrer Menschenkenner!« Sie rennt raus, es dauert eine Weile, bis sie zurückkommt. Stumm lesen wir weiter.

Der Report der JOINT wirkt gegen Dr. Aizekovitchs Aufzeichnungen sachlich:

```
Frankfurt, 6.4.1957
Der Unterzeichnende Fischel Chaimberg
bittet um Unterstützung für seine Ausreise
nach Übersee. Er sei aus Israel nach
```

Deutschland gekommen, weil er sich als
europäischer Jude fühle, aber Europa und
speziell Deutschland würden ihm nicht mehr
gefallen. Er habe einen Ausreiseantrag
für Kanada gestellt, wo er als Kürschner
arbeiten wolle. Er habe kein Affidavit, denn
niemand würde mehr leben, der für ihn
bürgen könnte.
Es ist dem JOINT bekannt, dass Fischel
Chaimberg keinerlei Fachausbildung hat,
auch nicht als Kürschner. Trotzdem wollen
wir den Ausreisewunsch nach Möglichkeit
unterstützen.
Er sagt, er spüre, dass er in Deutschland
keine Zukunft habe. Manche hätten es
geschafft, sie hätten Häuser gekauft
und Spielsalons eröffnet oder Bordelle.
Schnell große Summen verdient und expan-
diert. Es sei ihnen egal, was die
deutsche Gesellschaft von ihnen halte,
bislang hätten ebendiese Deutschen
auch nicht viel von den Juden gehalten,
sondern sie am liebsten bei jeder
Gelegenheit vergasen wollen. Ihm, Fischel
Chaimberg, fehle für solche Geschäfte der
Biss. Spielen, fügt er scherzhaft hinzu,
würde er lieber selber, Bordelle würden
ihn zu sehr an Auschwitz erinnern, das
sei ein einziges großes Bordell gewesen.
Er müsse hier weg.
Die Jewish Agency habe ihm Neuseeland
vorgeschlagen. Schafe lägen ihm nicht.
Er möchte nach Kanada. In Kanada kenne

> er sich aus, da sei er schon gewesen. Er
> könne sofort losfahren, er müsse nur seine
> Tochter Sissele aus dem Kloster abholen,
> seine Frau sei leider verstorben. Im
> Kloster, so Herr Chaimberg, habe seine
> Tochter Zuflucht gefunden.
> Wie oben erwähnt, unterstützen wir die
> Auswanderungspläne des Fischel Chaimberg
> und seiner Tochter nach Kanada.

»Deshalb Kanada«, sagt Sissele tonlos. »Weil er in der Aufbewahrungskammer in Auschwitz gearbeitet hat, da kannte er sich wirklich aus.«

Ich weiß nicht, wie lange wir im Archiv waren. Es ist später Nachmittag, als wir den Lesesaal verlassen, und es schüttet draußen aus allen Wolken. Ich kann mich nicht erinnern, wann ich jemals in einem solchen Unwetter unterwegs war. Meinen Schirm hat es sofort weggeweht, Sisseles wurde vom Wind nach außen gebogen.

Vom Archiv bis zu den Baracken sind es nur wenige Meter, wir sind augenblicklich von Kopf bis Fuß durchnässt. Mir hatte Theresienstadt schon gereicht, warum noch das hier? Am Steinbruch, dem »Wiener Graben«, herrscht Windstärke 10. Wir halten uns aneinander fest, um nicht über den Rand geweht zu werden.

Dieser schreckliche Witz in meinem Kopf: *Es gab auch einen SS-Mann, der im Lager gestorben ist. Er fiel betrunken vom Wachturm. Den kanntest du, nicht wahr?«*

Sissele grinst schräg.

Wir stehen und frieren, aber wir gehen nicht weg, wir zählen die Stufen zum Steinbruch runter und wieder hoch, wieder und wieder, schwankende Gestalten in gestreifter Häftlingsbekleidung, Wind, Regen, Steine.

Ich bin nicht gut im stillen Aushalten. Ich renne gern, liebe alles, was sich bewegt. Bin eine gute Läuferin, eine schnelle Schwimmerin, sprinte mit dem Rad durch die Städte. Meine Gedanken jagen einander, ständig neugierig auf Neues.

Hier steht die Zeit still. Hier gibt es keine Bewegung. Alles ist irgendwann erstarrt. Das Entsetzen ist in jedem Stein, in jeder Stufe.

Die zarte Sissele steht ruhig und unbeirrt neben mir, ihre Augen wandern langsam über die Szenerie. Zum ersten Mal bekomme ich eine Ahnung davon, warum dieser Mensch in mein Leben getreten sein könnte. Sissele, die die Koordinaten zurechtrückt.

Wir haben viel über Fischel Chaimberg erfahren, aber keine Familie Max gefunden. Nicht einmal eine Spur. Irgendwann sind wir doch noch gefahren, in die Nacht durch den Bayerischen Wald.

*

Ich konnte Leben und Theater nie trennen, denke ich im Auto, während wir langsam durch den Regen fahren.

Sissele schläft zusammengekauert auf der Rückbank. Ausflüge in die Vergangenheit machen müde, das kenne ich. Ihre Erschöpfung hat über ihre Paranoia gesiegt, ich darf fahren. Ich habe die Strecke über Passau gewählt, nicht noch ein Lagerbesuch.

Wieso gerate ich immer wieder in solche Situationen? Vielleicht wollte ich Theater und Leben nie ernsthaft genug auseinanderhalten?

Ich wusste und weiß schon, dass man nicht morden muss, um einen Mörder zu spielen, und dass man im Leben auch leise sprechen kann ohne Zwerchfellstütze, damit andere einen nicht immer und überall hören, aber zugegeben: Es fällt mir schwer! Meine Idole sind nicht umsonst die Damen und Herren der Nouvelle Vague, die auch keinen Unterschied zwischen ihren Liebschaften am Set und im *Café de Flore* machten.

Es gibt die Künstler, die ihr künstlerisches Leben fein säuberlich von ihrem Privaten trennen, und es gibt die anderen. Ich würde nicht gleich zu Methoden à la Marina Abramović greifen und mich nackt an die Decke hängen, aber Distanz bleibt für mich letztendlich ein Fremdwort.

Wann bin ich eigentlich das letzte Mal mit dem Auto so durch die Nacht gefahren? Es ist ein schönes Gefühl, auch wenn man danach in die Rückenschule muss.

Vielleicht gibt es das Private gar nicht?

Die Achtzigerjahre habe ich – außer auf Partys oder bei

Straßenkämpfen – durchgehend in einem Theaterkollektiv verbracht.

»Das Private ist politisch und das Politische privat!«

Jeder versuchte damals, diesen Slogan umzusetzen, es wurde viel und lange diskutiert, hinterfragt, demonstriert, sowohl in meiner WG als auch in unserem Kollektiv.

Es ging um das Experiment, das Risiko, Kunst auf dem Hochseil ohne Netz, die Möglichkeit abzustürzen inklusive. Sissele hätte wunderbar in unsere Gruppe gepasst. Was Extreme betrifft, hätte sie das Bundesverdienstkreuz am Bande verdient.

Geschlafen haben wir eigentlich nie. Erst nach dem Fall der Mauer wieder.

Wenn ich das meinem Sohn David erzähle, wird er blass vor Neid. Wenn ich ihm erzähle, dass ich beim Ausgehen damals David Bowie im »Dschungel« getroffen habe, bringt er mich um.

Ich habe mich in meinen Erinnerungen verloren, Sissele schläft tief und fest, während wir langsam durch die Herbstnacht fahren.

Sind die Extreme ein Zeichen der Jugend, oder waren wir nur gelehrige Ausführer der revolutionären Achtundsechziger? Oder aber lag es speziell an Berlin? Das Biotop Berlin hatte wenig zu tun mit dem Rest der Republik, es war eine Art Treibhaus für Lebensstile. Eingezirkelt, ohne Sperrstunde, mit kreativer Energie und Gestrandeten aller Art ließen sich hervorragend Theater, Musik und Party machen. Man konnte mit relativ wenig Geld auskommen und das Leben verpassen, ohne es wirklich zu merken. Irgendwo war immer irgendwie irgendwas los. Wehrdienstverweigerer, chilenische Flüchtlinge, Schwulen- und Lesbenliga, verkannte Künstler, Neugierige und Abhängige, Transen, ein paar Normalos und Frühstück bis neunzehn Uhr.

Außerdem günstige Mieten, mit Außenklo auf halber Treppe sogar richtig billig, geduscht wurde in der Uni, im Schwimmbad oder in wohlhabenderen WGs.

Wenn die Mauer nicht gefallen wäre, hätte sich noch weitere fünfzig Jahre nichts getan.

Beim Film war's nicht besser. Ich wurde in Rudolf Thomes Filmfamilie aufgenommen und erst nach fünfzehn Autorenfilmen wieder ausgespuckt.

Mein Ex spielte mit, mein aktueller Geliebter, mein Hund, mein Auto und meine Wohnung, und immer und immer wieder wurde nackt in den Seen gebadet, Feuer gemacht und ausgiebig gefrühstückt oder Rotwein getrunken. Schaue ich mir jetzt die Filme an, bringe ich sie durcheinander. So viele sich ähnelnde Frühstücke und Badesituationen und ich immer nackt!

Sissele ist aufgewacht, sie summt ein Lied von Elton John mit, das im Radio läuft. Lebt er überhaupt noch? *Crocodile Rock* war meine erste Single.

I remember when rock was young ... ich fühle mich noch genauso wie damals, nur mein Spiegelbild beschreibt eine andere Realität.

Rudolf Thome ist ein ewiger Junge geblieben. Er schrieb seine Bücher nackt, damit die Eingebung nicht durch Kleidung gestört würde, an einem Strand in Florida, in der Nähe seines Ashrams. Ich flog mit in den Ashram, lernte eine Gurufrau kennen, verliebte mich sofort in sie und in den magischen Ort, wollte auch

»Gurin« werden oder wenigstens im Schneidersitz die Welt begreifen.

Wie lange war ich nicht mehr dort? Zwanzig Jahre? Die Gurufrau lebt nicht mehr, aber im Internet steht, man könne ihr schreiben, auch ins Jenseits.

Sissele klettert nach vorn, ist putzmunter und lächelt mich unternehmungslustig an. Sie wird noch ein paar Lager auf der Strecke finden, die wir besuchen könnten, jede Wette.

Sie hat ein ebenmäßiges Profil. Nichts in ihrem Gesicht deutet auf ihre vielen Wunden und Neurosen hin. Im Gegenteil, auf den ersten Blick würde man vermuten, die Meschuggene in diesem Auto bin eindeutig ich.

Am Horizont ziehen noch dunklere Wolken auf, eine Bache überquert mit ihren Frischlingen die Straße, ich bremse scharf.

*

Seit Bayreuth stürmt es unaufhörlich. Die Blätter fegen über die Straße, dass es zum Fürchten ist, wir haben uns an der Tankstelle neue Scheibenwischer gekauft, aber sie helfen nicht. Man sieht nichts, ich bin hundemüde und will nach Hause.

Sissele dagegen, hellwach, fährt nun wieder und ermuntert mich zu schlafen, aber ich starre panisch auf die Straße. Das Unwetter scheint sie eher zu beruhigen; je größer das äußere Chaos, desto entspannter wird sie.

Sie lächelt zu mir rüber, holt Luft und beginnt zu erzählen, als hätte sie jahrelang auf diesen Moment gewartet.

»Eigentlich war ich mein Leben lang auf der Suche, nicht nur nach meiner Familie. Yoga, Spirituelles, gesunde Ernährung. Ich habe immer auf meine Figur geachtet. Sein Gewicht zu halten, sei Charakterstärke, sagte mein Vater immer. Ob man solche Weisheiten im Lager lernt? Natürlich hat das Fliegen dazu beigetragen. Ich bin jahrelang als Stewardess durch die ganze Welt geflogen, meistens international. Das Essen schmeckte im Flugzeug immer nach Raumfahrt, es blieb mir meist im Halse stecken. Für die Lunge ist Fliegen nicht gut, für die Haut sowieso nicht, und die Seele bleibt immer ein bisschen zurück, zumindest bei den internationalen Flügen.«

»Du warst Stewardess?«, frage ich ungläubig. »Und wieso hast du jetzt Flugangst?«

Sissele übergeht meine Frage, der Regen donnert gegen

die Frontscheibe, man sieht nichts, wir schleichen mehr, als dass wir fahren.

Im Radio läuft Beethoven, die *Kreutzersonate*. Klassik beruhigt, heißt es.

»Wir sind damals nach Kanada geflogen, mein Vater Fischel und ich. Es war ein langer und wackliger Flug. Ich habe mich kaum bewegt. Es war der erste Flug meines Lebens, und später, als Stewardess, wenn wir in die Nacht hineinflogen, musste ich oft an diesen Flug denken, an dieses kleine Mädchen unter der grauen Flauschdecke, das auf keinen Fall die Augen schließen wollte.«

Wenn Sissele nicht vom Holocaust spricht, hat sie eine schöne, tiefe Stimme, die Enge des Autos schafft eine unaufdringliche Nähe.

»Wenn du willst, kannst du jetzt schlafen, ich bin hellwach, keine Sorge ...«

»Nein«, antworte ich schnell, »bitte erzähl weiter!«

Ein Lastwagen mit eingeschaltetem Fernlicht hupt, überholt uns, dann ist es wieder dunkel.

Sissele räuspert sich, als sammele sie Kraft, dann macht sie leise weiter.

»Sofort nach der Landung in Montreal brachte mich mein Vater zu einer Pflegefamilie. Noch vom Flughafen fuhren wir dorthin. Er muss die Familie schon von Deutschland aus gesucht und gefunden haben. Es war eine jüdische Familie, sie war die erste von sechs Pflegefamilien.«

»Sechs?«

Sissele übergeht auch diese Frage. Stattdessen beginnt sie leise mit ihrer Lebensgeschichte:

Es waren alles in allem nette Familien. Die erste war sogar mehr als das, sie war für mich der Himmel auf Erden. Wir fuhren mit einem kleinen Bus aus der Stadt heraus. Nicht weit, der Schnee lag meterhoch, der Himmel war von einem unwirklichen, strahlenden Blau. So etwas Schönes hatte ich lange nicht gesehen. Die Familie wohnte in einem großen, alten Haus. Hunde bellten, ein paar Gänse liefen aufgeregt davon. Als wir aus dem Bus stiegen, kam uns eine alte Frau entgegen, sie schaute meinen Vater gar nicht an, umarmte mich, sie sprach Jiddisch und Französisch: »La pauvre petite, armes Maidele, sie hot a soi scheine blonde Hu'er, di bist avade hingerik?«, dann rannte ein Mädchen auf mich zu, nahm meine Hand und ließ sie für ein paar Wochen nicht mehr los. Das Mädchen sprach Französisch: »A partir d'aujourd'hui tu es mon amie!«, sagte sie. »N'aies pas peur! Ça c'est ma grand-mère, et tu restes avec nous!« Von heute an brauchst du keine Angst mehr zu haben, ich bin deine Freundin, und du wirst bei mir und meiner Großmutter leben.

In dem Haus wohnten an die fünfzehn Menschen, alles Juden, sie sprachen Russisch und Polnisch und manche sogar Deutsch. Englisch konnten die wenigsten, aber Montreal sei wie Paris, nur kühler, sagte man mir, ich würde bald Französisch sprechen und »une petite Parisienne« werden.

Das Haus gehörte einem jüdischen Industriellen, Herrn Cohen. Er war kinderlos, eine Seele von Mensch. Wenn er nach Hause kam, spielte er mit uns, zwischendurch weinte er, dann sang er wieder schief und laut.

Es war eine besondere Ehre, mit in sein Schuhgeschäft zu dürfen. Mimi, so hieß meine neue Freundin, und ich standen an der Tür: »Bonjour Madame! Au revoir, Mademoiselle! Merci, Messieurs!« Es roch nach Leder und Schuhputzmit-

tel. Manchmal bekamen wir ein Bonbon für unsere Dienste, dann wieder ein paar Groschen für Eis. Im Sommer ging man schwimmen im See. Wenn endlich der Schnee in Kanada schmolz, wenn die kleinen violetten Blumen sprossen – daran erinnere ich mich gut. Grand-mère brachte uns das Schwimmen bei, sie war unerbittlich, »Nager, c'est important, mes filles!«. Ich lernte Schwimmen, und ich lernte Fahrradfahren, und ich lernte Lesen und Schreiben.

Mimi hieß Mimi, weil ihre Eltern Künstler gewesen waren in Paris. Sie waren von der Bühne ins Lager Natzweiler-Struthof transportiert worden, sagte Mimi, sie sprach »Natzweiler-Struthof« sehr präzise aus, als hätte sie das lange geübt und sich ganz besonders gut gemerkt, für immer sozusagen. Die Mutter Sopranistin, der Vater Cellist. Mimi sagte, dass La Bohème eine Oper sei und ihre Eltern in Paris genauso gelebt hätten. Sie wolle das auch, sobald sie groß sei. Sie würde Violinistin werden oder Malerin, vielleicht aber auch Bildhauerin, das variierte je nach Stimmung. Ich wollte Pilotin werden, denn ich wollte nach Europa, um meine Familie zu suchen. Rennfahrerin nur zur Not.

Vor den Gänsen hatten wir Respekt, sie bewachten unser Haus. Die Hunde schliefen direkt vor unseren Betten, und ständig hatten wir Flöhe. Dann wurden alle eingeseift und gewaschen, Kinder wie Hunde, und unter großem Geschrei und Gejaule duschte uns Grand-mère ab. Montreal war mein Paradies.

Die Kinder aus der Umgebung hatten eine Weile gebraucht, um uns zu akzeptieren, aber schließlich wurden wir eine Gang, die die noch unbefestigten Straßen und die alten Fabrikgebäude unsicher machten.

Dann aber starb Herr Cohen unvermittelt an Herzversa-

gen. Auf seiner Beerdigung war die Jüdische Gemeinde vollständig versammelt, er war ein Wohltäter gewesen, nicht nur für uns. Noch auf der Beerdigung wurde sein Haus der Gemeinde zugesprochen, die Bewohner des Hauses verteilt.

Ich kam vorübergehend zu Familie Schwarz, die kinderlos war und der ich schon nach fünf Wochen zu viel wurde. Sie gaben mich der Gemeinde zurück und suchten sich im nahen Tierheim einen Hund. Mimi und ihre Großmutter fehlten mir schrecklich. Ich war gerade elf Jahre alt geworden, aber ich wäre lieber tot gewesen.

Es folgte Familie Goldfarb. Sie waren ziemlich orthodox, meine Röcke wurden länger gemacht, und meine Blusen hatten gesteifte Kragen. An den Wochenenden kam mein Vater, die Gemeinde bestand darauf, dass er mich ab und zu besuchte. Er kam direkt von seiner Arbeit als Kürschner und holte mich ab. Wir gingen in seine Wohnung und schauten Fernsehen, aßen etwas, dann brachte er mich zurück.

Ich war schrecklich brav. Wenn man brav ist, fällt man nicht weiter auf, sie sehen gar nicht, dass man noch da ist. Ich machte mich unsichtbar. Im Grunde war ich schon immer unsichtbar. Mich gab es eigentlich gar nicht. Denn wenn es mich wirklich gegeben hätte, warum wollte man mich immer wieder loswerden?

Die anderen waren wenigstens wirklich tot. Die anderen Juden, von denen alle sprachen, die Verwandten und Geschwister. In den Pflegefamilien, in die ich kam, sprach man auch nur über Tote. Allerdings redete man sehr leise von ihnen, voller Scham. Sie waren tot, während man selbst in Kanada am Leben war und sich bester Gesundheit erfreute.

Die einen waren tot und ich, ich tat so, als würde ich leben.

Niemand braucht Sissele, dachte ich, ich selbst am allerwenigsten.

Seltsamerweise wurde ich ein schönes Mädchen. Ich hatte hellblondes Haar, dann diese Locken – keine Ahnung, woher ich die habe, Mama und Papa hatten beide glatte, dunkle Haare –, ein paar Sommersprossen, reine Haut und große Augen.

Manchmal hatte ich Geschwister wie bei den Goldfarbs, einige mochten mich, und ich, ja, ich mochte auch den einen oder anderen. Eine meiner Schwestern beneidete mich schrecklich. Sie sagte: »Warum sehe ich nicht aus wie du? Ich müsste deine Augen haben, du brauchst sie nicht. Eine ohne Familie, was braucht die schöne Haare?« Ich sang innerlich ein Lied, dann verging die Zeit.

Ihr Bruder Jacques grinste. Jeden Tag wurden seine Pickel und sein Grinsen größer. Ich weiß nicht, aber ich verstand plötzlich, dass mein Aussehen doch ganz gut für mich war.

Mein Lächeln war zunächst ungeübt, wurde aber schnell souveräner. Ich lächelte und wurde anscheinend noch schöner. Jacques wartete auf mich, wenn ich von der Schule nach Hause kam, brachte mir einen Orangensaft aus dem Kühlschrank, machte ungefragt meine Mathe-Aufgaben. Er war lästig, aber die Sache mit den Hausaufgaben war nicht schlecht, ich gewöhnte mich rasch daran, Latein und Biologie kamen dazu.

Jacques sah aus wie ein richtiger Bocher, wie ein ungelüfteter Studiosus, blass, mit Augenringen und einem verhaltenen Bartwuchs. Er wollte Rabbiner werden, hatte schon mit vier diesen Wunsch gehabt und seit damals auch so ausgesehen. Er roch schon jetzt ein wenig muffig und ältlich, und ein bisschen weiße Spucke sammelte sich immer in seinen

Mundwinkeln. Die Deutung des Talmuds machte ihm Vergnügen, er konnte während des Abendessens nicht aufhören, die 613 Gesetze zu lobpreisen und minutiös zu erklären. Kurz: Er nervte. Aber wenn er lächelte, musste man unwillkürlich mitlächeln, auch wenn seine kleinen Zähne eher gelb als weiß waren. Womit er nicht gerechnet hatte, und darauf hatte ihn sein Lehrer Reb Schmuel Jabotinski nicht vorbereitet, war die Heftigkeit seiner Triebe. Ich war zu diesem Zeitpunkt dreizehn und hatte seit einem halben Jahr meine Regel.

Eines Nachmittags, wir saßen bei Orangensaft und Algebra in seinem Zimmer, kam es, wie es kommen musste. Zwischen einigen Zahlenketten fragte er, ob ich mir vorstellen könne, ihn zu heiraten. Vielleicht nicht gleich, aber doch in naher Zukunft. Man würde den Ehevertrag samt Ketubba schließen, ich würde einen schönen Scheitel bekommen, und alles wäre gut und in Ordnung. Derweil könnten wir schon mal üben für die Zeit nach der Hochzeit, damit dann sicher nichts schiefgehen würde. Noch ehe ich mich versah, öffnete er seine Hose, sein kleiner beschnittener Schniedel wurde plötzlich ziemlich groß und steckte zwischen meinen Beinen. Ich blutete auf seine Matratze.

Pech, Zufall, was auch immer, ich war sofort schwanger, es folgte eine Versetzung in eine andere Pflegefamilie und eine Abtreibung.

Die vierte Pflegefamilie war arm, sie brauchten mich, um ihren dementen Großvater zu betreuen, bis dieser verstarb. Die nächste Familie hatte keine Zeit für mich, ich war mittlerweile vierzehn. Wenn es dämmerte, überkam mich eine undefinierbare Furcht, die mir den Hals zuschnürte und Magenschmerzen bereitete. Soviel Licht ich auch überall anmachte, die Schatten blieben. Sie meinten mich, sie woll-

ten zu mir. Wir wurden Freunde. Ich sagte ihnen: »Wenn ich achtzehn Jahre alt bin, gehe ich nach Europa! Ich suche meine Familie, denn ich habe eine! Echte Cousins! Aron und Riven. Ich werde an ihre Tür klopfen und sagen: Sissele ist wieder da! Es ist warm in Europa, der Sommer ist lang, und die Menschen essen Buchteln und Gulasch. Wenn man die Augen ganz fest zusammenkneift, kann man all das sehen. Sogar in Farbe ...«

Ich war glücklich in meinem Bett mit meinen Träumen und Fantasien, glücklicher als in der Schule, in meinem Europa war es sehr, sehr schön. Immer öfter und länger blieb ich liegen. In meinen Träumen bereiste ich mit Mimi Paris, Florenz, Madrid.

Mein neuer Pflegevater war Schatzmeister von Makkabi Montreal, seine Kinder studierten, also nahm er mich mit zu den Sportanlagen, ein junges hübsches Mädchen, das Tennis spielt, gefiel. Auch Jossis Tennispartner Avi gefiel ich, der Zahnarzt war und alleinstehend.

Ich wollte gerne tot sein und wurde überproportional oft schwanger. Das zweite Mal mit fünfzehn. Bei der Ausschabung gab es Komplikationen, die Schmerzmittel taten mir gut. Von da an nahm ich täglich eine Tablette, egal von was, es war herrlich beruhigend. Jossi und seiner Frau Rosa gefiel es gar nicht, dass ich ihren Medizinschrank leerte, und als sie eines Tages von der Schulleitung erfuhren, dass ich seit zwei Monaten nicht in der Schule gewesen war, gaben sie mich der Gemeinde zurück. Ich wurde zwischengeparkt beim Gemeinderabbiner, einem kauzigen Alten, was mir schon egal war, inzwischen hatte ich ein Verhältnis mit dem Zahnarzt, der zwar nicht mehr ganz jung war, mich aber mit Drogen versorgte und ich ihn mit meiner Jugend.

Fischel hatte sich jahrelang als Kürschner durchgeschlagen, nicht besonders gut, im Grunde mochte er weder Tiere noch Menschen. Dann bekam er gesundheitliche Probleme und brauchte Hilfe im Haushalt. Vor dem Rabbiner ließ er verlauten, er brauche seine Tochter, er habe sie schrecklich vermisst, es sei Zeit für eine späte, aber glückliche Familienzusammenführung. Ich vermute, dass dieser ihm nicht recht glaubte, aber aus irgendeinem Grunde hatte er Angst vor ihm, keiner aus der Gemeinde widersprach, als ich zu Fischel gebracht wurde. Es war ja die Tochter, die zum Vater ging, was ließe sich dagegen schon sagen?

Es wurden schwierige Jahre. Er hat mich herumkommandiert und angeschrien, ich sei schuld an seinem Elend, ohne mich wäre er ganz woanders. »Ja? Wo denn?«, fragte ich, und er schlug zu.

Ich habe um Hilfe gebeten im Gemeindevorstand, aber niemand hat sich getraut, gegen Fischel anzugehen. An manchen Abenden hat er von Auschwitz erzählt. Was er hat tun müssen und wie er seinen Dienst vollzogen hat. Dann ist er erschöpft eingeschlafen, und zwei, drei Tage hatte ich Ruhe. Merkwürdigerweise bin ich weder an seinen Schlägen noch an seinen Berichten zerbrochen. Im Gegenteil, ich glaube, die Genauigkeit seiner Erzählungen, die zwanghaften Berichterstattungen haben mich stark gemacht. Ich ging kaum noch in die Schule, aber ich hatte mit den Drogen aufgehört, den alten Liebhaber fortgeschickt. Ich brauchte meine Kraft zum Überleben.

An meinem achtzehnten Geburtstag habe ich meine Sachen gepackt und bin mit zwei Koffern fortgegangen. Ich hatte eine Freundin, Kathie, sie kellnerte in einem Restaurant, bei ihr bin ich untergekommen. Als ich am nächsten Tag meine restlichen Sachen holen wollte, hatte er bereits das Schloss ausgetauscht, ich kam nicht mehr in unsere Wohnung.

Aber durch ihn kannte ich viele Pelzhändler in Montreal, die meisten waren Juden, ich fragte sie, ob sie Arbeit für mich hätten. Mir stand jede Pelzmütze, jeder Fellhut, sie gaben mir einen Pelz mit, ich trug ihn im Caféhaus oder in der Synagoge, man fragte mich, woher ich so ein schönes Teil denn hätte. Schon am nächsten Morgen standen die kaufwilligen Damen in unserem Geschäft und wollten genauso einen Pelz, die alten Besitzer freuten sich, ich steigerte die Verkaufszahlen. Ihre Frauen saßen an der Kasse, streichelten mir über die Wange und brachten mir die Buchhaltung bei. Wie viele Felle braucht es für einen langen Mantel? Wie viele für einen Muff? Nein, wir haben nie darüber gesprochen, dass die armen Nerze ihr Leben lassen mussten, um die Köpfe ein paar frierender Juden zu wärmen.

An den Wochenenden half ich Monsieur Augenblick bei der Abrechnung in seiner Fischerei. Wenn ich nach Hause kam, roch ich nach Hering, egal wie lange ich duschte. Aber diese Nerze und Opossums, die weichen Minkfelle und die rosa Lachse, die großen Hummer aus dem Atlantik oder Pazifik brachten mich auf andere Gedanken. Sie waren zwar tot, diese Tiere, aber sie trösteten mich über die verlorenen Menschen hinweg, so seltsam das auch klingen mag.

Mimi war inzwischen nach Vancouver gegangen. Sie besuchte die Kunsthochschule und schrieb mir lange Briefe. Sie war ein Hippie geworden, trug bunte Kleider, schwärmte für Arlo Guthrie und Joan Baez und wollte Marihuana legalisieren. Grand-mère sagte am Telefon nur: »Elle est meschugge, ma petite!«

Kathie hatte inzwischen mit dem Kellnern im Restaurant

aufgehört und sich bei CPAL beworben, Canadian Pacific Airlines. Sie lag mir in den Ohren, dass auch ich es versuchen solle, es sei möglich auch ohne Schulabschluss, ich sei hübsch genug. Hatte ich nicht mal Pilotin werden wollen vor langer, langer Zeit?

Bei meinem Vorstellungsgespräch bekam ich einen grand crème, *und in der folgenden Stunde machte ich in einwandfreiem Französisch Verbesserungsvorschläge für die Fluglinie, Crew-Uniformen inklusive, ich hatte nichts zu verlieren. Die Fuchspelzmütze hatte ich angelassen. Man stellte mich ein, unter der Bedingung, mein Englisch zu verbessern. Und ich flog. Erst national, dann nach Buenos Aires und schließlich nach Europa, nach Amsterdam.*

Am ersten freien Tag schüttelte ich meine Crew ab und unter dem Vorwand, Verwandte zu besuchen, suchte ich ein Postamt. Aber in Amsterdam konnte mir keiner die Telefonnummer von einer Familie Max in Deutschland geben, deren Söhne Riven und Aron hießen.

Auch nicht Wochen später in Athen und nicht in Brüssel. Noch nicht mal in Düsseldorf kannte man eine Familie Max, zu der die Koordinaten, die ich aufzählte, passten. Max aber war das Einzige, woran ich mich noch erinnern konnte, und dass meine Cousins Aron und Riven hießen.

Ich suchte in jeder Stadt nach meiner Familie. »Es gibt sie wohl nicht mehr«, sagte die Dame beim Roten Kreuz in München. Das sei zwar traurig, aber vielleicht sei es an der Zeit, sich mit diesem Gedanken abzufinden. Ob ich denn wisse, was zwischen 1933 und 1945 in Deutschland los gewesen sei? Als Kanadierin könne ich mir wohl kaum eine Vorstellung davon machen!

Meinen Vater hatte ich inzwischen schon über zehn Jahre

nicht mehr gesehen, aber ich wusste, es ging ihm nicht gut. Er hatte Herzprobleme, man hatte ihn operiert. Auf meine Briefe mit der Bitte, mir den richtigen, den ganzen Namen meiner Familie zu sagen, hatte er nicht reagiert, als ich schließlich vor seiner Tür stand, schrie er: »Ich hab's vergessen! Ich hab's vergessen! Frag mich nie wieder!«, und warf mir die Tür vor der Nase zu.

Warum ich ihn zu meiner Hochzeit eingeladen habe, weiß ich gar nicht genau. Sentimentalität? Reflex? Ich wollte auf keinen Fall, dass er mich zum Altar führte, aber er sollte sehen, dass es mich gab als erwachsene Frau.

Er hatte mich geschlagen oder allein gelassen, angelogen und missachtet, aber ich wollte, dass er sieht, wie seine Tochter glücklich geworden ist mit einem anderen Mann, wie sie erhobenen Hauptes Ja sagt zum Leben.

Mein Mann war Arzt, in Montreal geboren. Er saß in der Maschine, die mit sechs Stunden Verspätung in Paris landete, sein Koffer war unauffindbar. Er schrie das Lost-&-Found-Büro zusammen, ich stand zufällig daneben.

Michel war im Juli 1944 in der Normandie gewesen, als junger Soldat. Dort war er verletzt worden. Ich weiß nicht, warum er mir das auf der Taxifahrt erzählte, er schaute mich dabei kaum an, eine merkwürdige Form des Flirts, dachte ich. Während wir am Nachmittag zu Sacré-Cœur hochliefen, erzählte er von der 3. Infanterie-Division, die der Ersten Kanadischen Armee unterstand. An der Seine erfuhr ich von der Befreiung Caens, am Louvre von den hohen Verlusten. An die 5000 Kanadier starben, über 10.000 gerieten in Gefangenschaft, aber das sei nichts gewesen gegen die vielen Toten in der Zivilbevölkerung Europas. Nein, bei der Befreiung der Lager sei er nicht dabei gewesen, ob ich erzählen möchte? Und das tat ich, in St. Germain, dann im Café de Flore.

Wir haben 1972 geheiratet. Er war etwas über zwanzig Jahre älter. Vielleicht habe ich die Liebe zu älteren Männern von meiner Mutter geerbt? Mimi war meine Trauzeugin, Grand-mère war kurz zuvor gestorben.

Mein Vater drückte Michel auf der Hochzeit die Hand, aß, trank, beides maßlos, und war verschwunden. Wir haben ihn nie vermisst, und er hat sich nie bei uns gemeldet. Ich war ihm entglitten, er hatte keine Macht mehr über mich.

Als er pflegebedürftig wurde, brachte man ihn in ein jüdisches Altenheim, ich trug die Kosten.

Er hat sich sein Leben nicht ausgesucht. Und schon gar nicht hat er sich das Sonderkommando ausgesucht. Mag sein, dass er schon zuvor miese Charaktereigenschaften hatte. Aber erst die Nazis haben das Schlimmste in ihm geweckt, sie haben ihn zu einem Monster ihresgleichen deformiert. Es hat ihnen Spaß gemacht, ihn nicht zu töten, sondern ihm die Würde zu nehmen. Sie haben ihn in die Unterwelt geschickt. Sie haben ihn gedemütigt, erpresst und verformt und erst aufgehört, als er kein Mensch mehr war.

Aber ich, ich bin ein Mensch. Deshalb habe ich ihn bis zum Ende versorgt. Ich habe monatlich den Betrag für sein Heim gezahlt und Schluss.

Nur zu seiner Beerdigung bin ich nicht gegangen. Ich bin bis heute froh, dass ich nicht da war. Es war auch keiner aus der Jüdischen Gemeinde da. »Er war nicht a Giter«, hieß es.

Vor drei Jahren ist auch Michel gestorben. Ich habe immer damit gerechnet, er war ja viel älter als ich. Als es dann passiert ist, war ich fürchterlich einsam. Der Freundeskreis hat sein Bestes getan, aber ich blieb untröstlich. Jetzt oder nie, habe ich mir eines Tages gesagt, ein letztes Mal will ich versuchen, meine Familie zu finden, und bin nach Deutschland geflogen. Auf diesem Flug habe ich übrigens eine Panikattacke bekommen, und seitdem bin ich nicht mehr geflogen.

Die Idee, ans Theater zu gehen, kam von Mimi, natürlich, von wem sonst? Dort habe ich zum ersten Mal von dir gehört und sofort gewusst, du wirst mir helfen. So, jetzt weißt du alles. Danke, dass du diese Reise mit mir gemacht hast, auch wenn sie nichts gebracht hat.

Windräder tauchen auf, nicht mehr lange, und wir sind auf dem Berliner Ring. Wie klein meine Welt gegen die von Sissele ist. Wie überschaubar meine Nöte. Wenn sie nur aufgetaucht ist, um mir das zu zeigen, hat sie ihre Mission bereits erfüllt.

Ich würde ihr gerne sagen, dass auch mir Fellmützen gut stehen und ich eine habe, die ich ihr schenken möchte. Aber ich schweige.

Ich bin mir absolut sicher, dass Sissele mir nichts von alledem erzählt hätte, wenn wir nicht in diesem Auto gesessen hätten und durch die stürmische Nacht gefahren wären. Vielleicht hätte sie auch nichts davon erzählt, jedenfalls nicht so, ohne jede Larmoyanz, wenn wir nicht vorher in diesem anderen unglaublichen Sturm an diesem entsetzlichen Steinbruch in Mauthausen gewesen wären.

Noch ist es leer auf der Avus, bald wird der Berufsverkehr beginnen, eine müde Sonne zeigt sich hinter dem Funkturm.

»Ich werde mich endlich damit abfinden müssen«, sagt Sissele, als ich sie wenig später am Hauptbahnhof rauslasse. »Für mich gibt es wohl keine Familie mehr.«

Ist Sissele ein weiblicher Hiob? Alles, was ihr widerfährt, wird zu einer Prüfung.

Sie ist mit Abstand die erstaunlichste Person, die ich je getroffen habe, und von ihrer Lebensgeschichte werde ich mich lange nicht erholen können.

Ich winke der kleinen Gestalt hinterher, die Richtung Eingang verschwindet.

*

»Was denkst du?«, fragt mich Sammy, mein Jüngster, ich habe eine Weile auf den Fernseher geschaut, ohne den Sportsender zu kommentieren. Wenn ich schweige, scheint das wohl verdächtig.

»Nichts«, antworte ich, ein klassischer Filmdialog. Wir haben am Vorabend Claude Lelouchs *Ein Leben lang* gesehen. Wenn meine Kinder jemals in Therapie müssen, dann, weil sie zu früh zu viele Nouvelle-Vague-Filme gesehen haben. David, der zu Besuch ist, hat den Film gleich zweimal hintereinander angeschaut, er sagte, das sei das Beste, was er je gesehen habe, Sammy war ratlos, Georg eingeschlafen. Zweieinhalb Stunden, ein Familienepos über drei Generationen, mit stark autobiografischem Charakter. Die Eltern der Hauptdarstellerin sind Shoa-Überlebende, sie ist auf der Suche nach sich selbst, beginnt zu schreiben.

Ich höre ein paar Spatzen, sie teilen die Reste Vogelfutter unter sich auf, die Müllabfuhr fährt vorbei. Ich schaue Tennis, mein Kopf ist leer. Nein, das ist nicht wahr. Ich habe doch etwas gedacht. Ich habe über einen Satz des Schriftstellers Arnon Grünberg nachgedacht. Ich las ihn im Nachwort, das er zum Buch seiner Mutter geschrieben hat. Der Satz ist mir nicht mehr aus dem Kopf gegangen, jetzt beherrscht er mich vollständig: »Meine Mutter und ihr Buch sind das Zentrum, alles andere ist Beiwerk. Mein Œuvre ist eine Fußnote zu diesem Buch und zum Leben meiner Mutter …« Die Mutter hatte ihre Autobiografie geschrieben, sie überlebte mehrere Vernichtungslager.

So also fasste es Grünberg zusammen, und ja, ich

konnte es nachvollziehen. Dieses Zentrum ist es, das die Trauer und das Glück, die Geschichten, Geheimnisse, Familienmythen speist. Dieses Zentrum, von dem Arnon Grünbergs Kreativität ausgeht. O ja, das kenne ich. Mir geht es ähnlich.

Wie weit ich mich auch vom Zentrum entferne, es übt stets Kraft auf mich aus, es lockt mich, es zieht mich zurück. Es gibt mir sogar, kaum zu glauben, Halt. Es ist meine künstlerische DNA. Es füttert alle meine Arbeiten. Was hat eine Rossini-Oper mit der Vernichtung der Juden zu tun? *Die Fledermaus* mit dem Zweiten Weltkrieg? Nichts. Und dennoch ...

Sammy sagt: »Die Tennisspielerin hat eine Pechsträhne! Wie lange, meinst du, macht sie's noch?«, und kuschelt sich auf dem Sofa neben mich. Holt sein Smartphone raus und chattet. Obwohl er sich nicht weiter mit mir beschäftigt, weiß ich, er will mich trösten, irgendwie.

Wie viele Bücher hat Arnon Grünberg schon geschrieben? Dreißig? Mehr? Es wäre falsch zu sagen, dass sich seine Bücher einzig vor dem Hintergrund des Krieges erschließen. Und dennoch: Er stopft mit seiner Literatur die Löcher einer Geschichte, die er sich nicht erklären kann. Er tröstet seine Mutter, obwohl sie bereits tot ist. Er fragt Gott, wo er die ganze Zeit gewesen ist.

Nur so kann ich mir erklären, warum mich Sissele und ihre Geschichten derart umtreiben. Warum Fischel, Malka und Shaina meine Gedanken und Träume über Wochen besetzt haben.

Nachdem Sissele und ich am Hauptbahnhof aus dem Auto gestiegen waren, hatten wir uns kurz umarmt, dann war jede ihrer Wege gegangen. Ich hatte eine neue Inszenierung angefangen, Sissele war von ihren Opernproben absorbiert worden. Sie hatte sich nicht wieder gemeldet, und ich hatte nicht angeboten weiterzusuchen.

Trotzdem musste ich immer wieder an unsere Reise denken, unsicher, ob ich auch wirklich genug für sie getan hatte. Wenn mich Sissele so beschäftigte, warum war ich dann erleichtert, dass sie sich nicht meldete?

David ist endlich aufgestanden. Er steht im Türrahmen und möchte sofort über die Wahlen oder die Attentate oder beides diskutieren. Reflexartig geht mein Blick zum Kalender: noch zwei Tage bis zum Semesterbeginn. Kinder sind ein Traum, strapazieren aber die Familiendynamik.

Er hat bei seinem genuschelten Vorsprechen die Rolle wohl richtig »angelegt« und sie tatsächlich bekommen, nun wird er einen homosexuellen Profifußballer spielen. Irgendwie bin ich doch stolz. Nach dem Frühstück sollen wir ihn in den Park zum Kicken begleiten. Ich darf mich als Torhüterin blamieren.

Zum Glück ruft just in diesem Moment Robbi aus Israel an.

»Ist David bei euch? Was sagt er zum neuen Populismus? Was sagt er zum Rechtsruck?«, fragt Robbi statt einer Begrüßung. »Ja, er steht neben …« Und schon nimmt mir David den Hörer aus der Hand, stellt auf Lautsprecherfunktion, quetscht sich selbstbewusst zwischen Sammy und mich aufs Sofa.

Robbi: »Was sagst du zum Scheitern des NPD-Verbots und der Begründung, dass die NPD angeblich zu harmlos und wirkungslos sei? Verfassungsfeindlich: ja, aber von zu geringer Bedeutung, um sie zu verbieten!«

David: »Und was sagst du zu Frau Zschäpe, die wieder einmal aus dem Jenseits der Untersuchungshaft aufgetaucht ist? Man streitet, ob sie nun tatsächlich eine Persönlichkeitsstörung hat oder doch sehr genau weiß, was sie tut.«

Robbi: »Und der AfD-Höcke und sein Denkmal der Schande?«

David: »Und der Aufstieg und Fall der SPD? Leute, Leute, Leute! Ich fass es nicht.«

Sie holen im Wechsel aus: Die Rechte im Allgemeinen, die Rechte im Besonderen. Der Rechtsruck in ganz Europa. Die deutschen Rechten. Die israelischen Rechten. Die Rechten in den USA. Es ist uferlos. Sammy bringt Eis aus dem Gefrierfach.

David holt endlich Luft, ich auch. Er ist in Rage. Politik bringt ihn in Rage. Er wäre ein perfektes Gegenüber für die Rechte, würde sie herrlich nerven. Was ist wohl Davids Zentrum?, frage ich mich häufig. Ist es immer noch unsere Familiengeschichte, die ihn in dritter Generation bestimmt und in Rage bringt, wenn die braune Soße auf die Tischdecke tropft?

Vielleicht nicht so vehement wie bei mir, aber doch prägend. Die Shoa wird noch ein paar Generationen für sich in Anspruch nehmen.

Sammy hat inzwischen sein Eis aufs Sofa tropfen lassen, eine Schokoladenspur fließt langsam zu mir herüber.

»Seht, so holt sich das Leben seine Leute wieder, die ins Land der Trauer auf Urlaub gehen.« Besser als der große Tucholsky kann man es nicht sagen. Ich stehe auf und suche einen Lappen.

*

Etliche Monate sind seit Sisseles und meiner Reise inzwischen vergangen. Am Anfang habe ich noch oft an sie denken müssen, aber nach und nach sind sie und ihre Geschichte verblasst zu einer Episode aus einer bestimmten Theaterzeit, in einem bestimmten Theater. Dennoch plagt mich gelegentlich das schlechte Gewissen.

Darum habe ich vor Kurzem bei Rainer im KBB angerufen und mich beiläufig nach ihr erkundigt. »Ach, das weißt du nicht? Susanne hat gekündigt.« Eine neue Adresse habe er nicht, die alte sei nicht mehr aktuell. Sie würde ihm fehlen. Ja, so ist das mit Nervensägen, sie fehlen einem, wenn sie fort sind. Ich ließ mich zur Intendanz durchstellen.

Karl war schrecklich beschäftigt, er wolle unbedingt in der ehemaligen hessischen Landesheilanstalt Hadamar inszenieren, erzählte er, mit echten Behinderten, denn genau dort habe das NS-Euthanasieprogramm seinen Höhepunkt gehabt. Es sei die Aufgabe des Theaters, genau dorthin zu gehen, wo es wehtut. Nein, von Susanne wisse er nichts, sie habe sich verabschieden wollen, aber da sei er gerade auf Fastenkur gewesen. Ein merkwürdiges Menschenkind …

»Kennst du den, wo Cohen auf den Bahnsteig gerast kommt und nur noch die Rücklichter seines Zuges sieht? Fragt ein Bahnbeamter hämisch: Verpasst? – No, na!, sagt Cohen, verjagt werde ich ihn haben.«

Ich schrieb Sissele trotzdem, in der Hoffnung, sie habe einen Nachsendeauftrag eingerichtet, aber der Brief kam postwendend an mich zurück.

»Unbekannt verzogen.« Ich wunderte mich, dass es diese altmodische Formulierung noch gab. Weder übers Internet noch übers Meldeamt konnte ich sie finden. Ich versuchte es auf ihrem Handy, ließ es lange klingeln, aber es meldete sich niemand. Vielleicht war sie zurück nach Kanada gegangen? Sie schien wie vom Erdboden verschwunden. Ob es sie je gegeben hatte?

Vielleicht war Sissele ein Theatergeist. Sie hatte in meinem Leben herumgespukt und war dann plötzlich verschwunden.

Ich meldete mich bei Ulla. Wir sprachen über dies und das, dann lenkte ich das Gespräch auf Sissele. Ulla hatte mit ihr noch einen Ausflug nach Frankfurt gemacht. Sie hatten beim Zentralrat nach einer Familie Max gefragt, aber niemanden gefunden, sie hatten ein paar Nummern angerufen, aber es waren andere Max-Familien gewesen.

»Es war meine Idee, Sissele hatte eigentlich schon aufgegeben. Und wenn ich dich schon mal dran habe, willst du nicht *Anatevka* bei uns machen? Das Thema zieht immer noch, und wer, wenn nicht du, ist dafür prädestiniert? Hm?«

Ich sagte, ich würde es mir überlegen, und legte hastig auf.

Anatevka statt Sissele. Tote Juden ziehen immer, dachte ich böse. Die lebenden sind das Problem.

Ich musste mich damit abfinden, dass Sissele genauso unvermittelt, wie sie auf der Bildfläche erschienen, auch wieder verschwunden war. Trotzdem konnte ich sie nicht vergessen. Gelegentlich glaubte ich, sie in der Menge zu erkennen. Wenn es an der Tür klingelte, vermutete ich, sie sei zurückgekommen. Ich las viele schlaflose Nächte lang das Buch über das Sonderkommando in Auschwitz.

Juden mussten es sein, die die Juden in die Verbrennungsöfen transportierten, man musste beweisen, dass die Juden, die minderwertige Rasse, die Untermenschen, sich jede Demütigung gefallen ließen und sich sogar gegenseitig umbrachten. Mithilfe dieser Einrichtung wurde der Versuch unternommen, das Gewicht der Schuld auf andere, nämlich auf die Opfer selbst, abzuwälzen, sodass diesen – zur eigenen Erleichterung – nicht einmal mehr das Bewusstsein ihrer Unschuld bleiben würde.

Ich erinnerte mich an ein nächtliches Gespräch mit meinem Mann Georg. »Warum?«, hatte ich wieder einmal gefragt, »warum?« Eine Frage, die ich mir regelmäßig stellte und auf die es keine befriedigende Antwort gab.

»Die Nazis wollten ihre Opfer dorthin niederdrücken, wo sie selbst schon waren: in die Unterwelt. Dorthin, wo es kein Gefühl für sich, kein Mitgefühl für den anderen gibt. In die Zone, in der es keine Würde mehr gibt«, hatte Georg den Versuch einer Antwort gegeben. Dann sprachen wir über die Situationen des Ausgeliefertseins, des Alleingelassenseins mit seinem Schicksal, mit dem Leben, und darüber, dass die Theaterstoffe voll davon sind.

Die Oper besingt das Nicht-entrinnen-Können, das Schicksalhaft-ausgeliefert-Sein in unzähligen Nuancen. »Vielleicht«, sagte Georg, »machst du deshalb Theater, vielleicht mache ich deshalb Musik. Um der Ohnmacht etwas entgegenzusetzen, der Vergangenheit eine Form zu geben, um den Gefühlen der Hilflosigkeit Ausdruck zu verleihen.«

Man muss nicht selbst in Auschwitz gewesen sein, man muss nicht einmal zur Opferseite zählen, es genügt, eine sensible Seele zu haben, um nachts nicht schlafen zu können.

*

»Tolstoi wollte nicht, dass Anna Karenina sich umbringt, aber er konnte es nicht verhindern! Wenn er es gekonnt hätte, er hätte es getan, das schwöre ich dir!« Nora hebt die Hände zum Schwur, bei Tolstoi versteht sie keinen Spaß, sie spricht von ihm wie von einem Familienangehörigen.

»Bitte nicht schwören«, sage ich vergeblich. Es hat keinen Zweck, sich in Familienangelegenheiten einzumischen.

Mein gewohnter Arbeitsrhythmus hat mich wieder. Nora, Elio und ich stecken in den Vorbereitungen zu einem neuen Opernabend, die mich gänzlich absorbieren. Seit Tagen verbringt Nora ihre Vormittage bei mir, sie ist in der Phase, in der sie vor allem eine Zuhörerin braucht. Ich mache ihr gerade den vierten Cappuccino.

Mehrere Lagen Stoffe, Samt, Brokat, Seide, Federn, ein flauschiges Fell bedecken das Sofa, die Stühle, den Fußboden, ich niese, der Pelz ist aus Katzenhaar, jede Wette. Auf dem Küchentisch liegen die gezeichneten Figurinen der Hauptdarsteller. Nora erklärt leidenschaftlich:

»Wronskij wird einen Innenpelz tragen, den er über die Pfütze legt, damit Annas feine Schuhe nicht nass werden, er ist ein aufmerksamer Liebhaber. Er macht eigentlich alles richtig, trotzdem ist ihre Liebe nun mal zum Scheitern verurteilt! Was soll man machen? Karenin ist unbarmherzig, da passt ein Rollkragen, was meinst du? Und denkst du, Kitty könnte dieses Weiß vertragen oder lieber Eierschale? Anna trägt Schwarz, selbstverständlich.«

Mir schwirrt der Kopf, seit drei Stunden sprechen wir bzw. spricht Nora über Farben, Knopfleisten, Ledersohlen und Unterwäsche: »Du glaubst nicht, wie wichtig Unterwäsche ist, sie hilft den Sängern und Schauspielern, ihre Rolle vollends zu finden ...«

Vielleicht sollte ich anfangen, über meine Unterwäsche nachzudenken, um die innere Kraft aufzubringen, Nora zu widersprechen.

Nora hat schon an der Scala gearbeitet und an der Met, sie ist mit allen Säuren des Betriebs imprägniert, kennt so ziemlich jede Kostümwerkstatt dieser Welt und auch die dazugehörigen Tricks, wie man die Leute dort am besten für sich mobilisiert – und sie erkennt auf vierhundert Meter Entfernung, ob eine Naht schief ist.

»Ich halte Anna für eine blöde Kuh«, sage ich schließlich salopp, mir reicht's langsam mit dem großbürgerlichen Gehabe von Frau Karenina. Nora ist sofort eingeschnappt, schiebt die Unterlippe nach vorn und bereitet sich auf Krieg vor. Nora stammt selbst von einer Prinzessin ab. Das ist zwar schon ein paar Jahrzehnte her, hat aber an Strahlkraft nicht verloren.

»Sie ist für die Beziehung mit Wronskij nicht reif genug«, mache ich mutig weiter. »Als das erste Verliebtsein vorbei ist, will sie trotzdem täglich die große dramatische Leidenschaft. Will stündlich, besser minütlich hören, dass er sie liebt und wie er sie begehrt, er soll alles ersetzen, was durch ihre gemeinsame Tat an Vakuum entstanden ist, vor allem ihre Sehnsucht nach Serjoscha, ihrem Kind. Das ist aber unmöglich«, fahre ich fort, »das kann niemand schaffen. Sie will sich dem Alltag und den Folgen ihrer Tat nicht stellen, das ist ein Zeichen von Unreife! Sie ist ein verwöhntes Mädchen. Ich finde, es ist zu einfach gedacht, wenn alle in Annas Umgebung Unmenschen oder hässlich sind, allen voran Karenin. Nur sie ist eine Heldin, nur sie darf seidene Wäsche tragen?«

Ich habe ein bisschen übertrieben, das gebe ich zu, aber Noras Reden, ihre Vehemenz und der feine Staub der Stoffmuster haben mich in die Enge getrieben.

Nora funkelt mich böse an, ich fühle mich herausgefordert und behaupte: »Hätte sie ein bisschen mehr an sich gearbeitet, hätte sie nicht vor den Zug springen müssen!«

Es herrscht eine Stille wie damals vor dem Attentat auf Zar Alexander. Irgendwann stehe ich vorsichtig auf, mache uns den fünften Cappuccino, wir sprechen mit betont sanften Stimmen über die Farbgebung des Abends, berühren die Stoffe und nicht mehr den Inhalt.

In jeder meiner Inszenierungen finde ich mich in einer Person wieder. Auch bei anderen Regisseuren glaube ich zu erkennen, in welcher Rolle sie sich sehen. Die Rolle der Anna Karenina ist eindeutig schon von Nora besetzt.

»Sie hätte überleben können«, fange ich nach einer Weile wieder an.

»Keine Kompromisse!«, zischt Nora. »Anna wehrt sich gegen die Doppelmoral einer Gesellschaft, die schonungslos zusieht, wie sie an ihr zerbricht. Sie ist schön und fröhlich und kompromisslos! Ich liebe sie!«

Wir starren uns einen Augenblick an, dann fängt Nora an zu lachen. Ihr Lachen ist seit jeher ansteckend, glucksend umarmen wir uns. Wäre doch Anna Karenina wie meine Nora …

Ach, Kompromisslosigkeit!

Unser Beruf ist ein einziges Abwägen zwischen dem, was wir möchten, und dem, was möglich ist. Einige wenige können sich hart und kompromisslos verwirklichen und werden als große Künstler gefeiert, alle anderen zerbrechen daran oder müssen sich weich machen und verbiegen, sie arrangieren sich mit den Gegebenheiten, sie möchten arbeiten und nicht verhungern. Wie wäre mein Leben verlaufen, wenn ich MTA geworden wäre? Oder Radiologin, ganz nach dem Wunsch meines Vaters?

Mein Mann Georg bekommt schon schmale Lippen, wenn er das Wort »Kompromiss« nur hört. Seine Kreativität geht nur ganz oder gar nicht. Er will genau die Musik komponieren, die ihm vorschwebt. Er wäre wie Anna Karenina der perfekte Kandidat für den Zug. Ich leide schrecklich mit ihm, denn er hat ja recht, nur ist der Theaterbetrieb immer mehr Betrieb und immer weniger Theater, und der Verwaltungsapparat erinnert an den der Bundesregierung.

Es ist so still im Raum.

Nora liegt blass auf dem Sofa, sie hat sich verausgabt. Wir warten auf Elio samt Bühnenbild.

Wir trinken Cappuccino Nummer sechs, schweigen beherzt weiter, warten.

Endlich ist Elio da. Er ist mitsamt seinen vier Kindern auf der Autobahn bei Leipzig von der Polizei angehalten worden, weil er nach seiner Premiere an der nächstgelegenen Tankstelle zwar nett mit dem Verkäufer geplaudert, aber vergessen hatte, seine Tankfüllung zu bezahlen, wie die Aufnahmen der Überwachungskameras zeigten. Er habe die Kinder jetzt ein wenig panisch als Pfand an der

Raststätte gelassen, wolle sie aber natürlich umgehend mit Bargeld auslösen, ob ich zufällig welches im Hause hätte, seine Karte sei kurzzeitig gesperrt. Nora ist sofort wieder im Thema, spricht von falscher Kindererziehung, und unkt, dass er Gefahr laufe, dass ihm die Kinder entzogen würden wie der armen Karenina ihr süßer Serjoscha. Das sei nun ganz und gar nicht vergleichbar, kontert Elio, den Kindern gehe es an der Raststätte gut, sie hätten Internet, und es sei geheizt. Und da er nun schon einmal hier sei, wolle er kurz sein Bühnenkonzept erläutern.

Elio ist der Meinung, dass es bei *Anna Karenina* um eine finstere Beziehungsgeschichte geht, voller dunkler Vorahnungen, er lebe schließlich selbst in Scheidung, kenne sich aus, deshalb müsse der Theaterraum dunkel sein. Von den riesigen gelben Weizenfeldern aus dem Roman müssten wir uns auf jeden Fall verabschieden, wie auch von den vielen anderen Charakteren. Der Roman sei ein großes Meisterwerk, die Oper dagegen nur ein punktueller Blick, ein Detail aus dem überbordenden Reichtum der Vorlage.

Parallel dazu beruhigt Elio seine Kinder am Telefon, er werde sie bald holen, sie sollten sich schon mal vom restlichen Kleingeld eine »Bifi« kaufen.

Kinder, Familie und unsere Berufe sind komplett inkompatibel, egal wie viele Kompromisse man eingeht, denke ich nicht zum ersten Mal.

Der Theaterbetrieb ist durch und durch familienunfreundlich. Abends ist Probe oder Vorstellung, wer bringt derweil die Kinder ins Bett? Alle paar Jahre ist Intendantenwechsel, man wird ausgemustert und zieht zum nächsten Engagement, in die nächste Stadt. Wenn ein

Familienmitglied krank wird, ist das bedauerlich, aber der Vorhang muss sich heben und die Vorstellung beginnen. Die Partner müssen eine Menge ausgleichen, und haben sie den gleichen Beruf, sind sie gar im selben Theater tätig, oder gibt es sie gar nicht, herrscht Alarmstufe Rot, und sehr viel Fantasie und Abenteuerlust sind gefragt.

»Wie schaffst du das nur?«, fragt man mich oft, wenn ich wieder zum Inszenieren auf Reisen gehe. »Vermissen dich deine Kinder nicht? Also, ich könnte das nicht.«

»Seit ihrer Geburt zahle ich regelmäßig für ihre zukünftige Therapie auf ein Sparkonto ein. Wenn es ihnen wider Erwarten gut gehen sollte und sie keine Therapie machen möchten, können sie von dem Geld auch auf Weltreise gehen«, erwidere ich dann.

Das Mutterverdienstkreuz werde ich nie bekommen, das weiß ich, aber ich weiß auch, dass ich ohne Kompromisse weder Kinder noch einen Beruf hätte.

Ich bin nicht der Typ Anna Karenina, zu pragmatisch. Aber vermutlich brauchen wir Figuren wie sie, die sich stellvertretend für uns vor den Zug werfen, weil sie radikaler, mutiger, kompromissloser sind als wir selbst.

Ich habe für Elio vollstes Verständnis, nicht selten schliefen meine Söhne während der Vorstellung bei der Garderobiere oder in der Theaterkantine, weil der Babysitter kurzfristig ausgefallen war. Auch der Platz bei der Souffleuse ist sehr begehrt und schnell belegt. Trotz aller Unwägbarkeiten gibt es doch ein paar Frauen, die im Theater arbeiten, in der Oper singen und gleichzeitig Kinder haben möchten. Früher galten wir als leichte Mädchen, weil wir am Theater sind, jetzt werden wir als Rabenmütter eingestuft.

Nora schwört, bei ihr würde so etwas nie passieren. Ich bitte Nora ein weiteres Mal, nicht zu schwören, denn ich bin mir sicher, dass sie diesen Eid ziemlich schnell wird brechen müssen. Elio leihe ich hundert Euro für Benzin.

»Apropos Theater«, werfe ich beiläufig in die Runde, »wisst ihr zufällig irgendetwas von unserer jüdischen Souffleuse?«

»Fehlt sie dir?«, fragt Nora spitz.

»Vielleicht hat sie sich vor den Zug geworfen«, gibt Elio zu bedenken, während er seine Sachen zusammenpackt. »Zuzutrauen wäre es ihr.«

»Wenn sie sich hätte umbringen wollen, hätte sie es schon längst getan, sie erholt sich und schöpft Kraft für den nächsten Coup«, sagt Nora. Ich liebe ihre beruhigende Lebenserfahrung.

Die Sonne geht unter, Elio rast los, um seine Kinder an der Autobahnraststätte auszulösen. Nora und ich öffnen erschöpft einen Crémant, trinken auf alle Karenins, Oblonskis, Schtscherbazkijs und Wronskijs dieser Welt, auch auf Sissele erheben wir unser Glas. Dann packt auch Nora ihre Stoffsammlung zusammen, umarmt mich und geht.

*

Die Proben zu *Anna Karenina* sind, wie erwartet, mühsam. Die Musik bleibt weit hinter dem Roman zurück.

Die Damen und Herren des Chores üben, auf Socken Schlittschuh zu laufen. Immer wieder donnern sie dabei gegen die Stellwände des Bühnenbilds, Elio ist verzweifelt und will abreisen. Der Darsteller des Karenin hat einen Ausschlag am Hals bekommen, angeblich vom Rollkragenpullover, er beschimpft Nora und will nicht mehr singen.

Die Sängerin der Anna weint, weil sie nicht vor den Zug will. Es hilft nicht, ihr zu erklären, dass das Ganze nur eine Oper ist.

Das einzige Café mit erschwinglichen Preisen trägt den Namen *Adrianos,* ich mache eine Pause bei meinem Namensvetter und schaue aus dem Fenster, als mein Handy klingelt.

Es ist Robbi aus Israel. »Schön, dass du anrufst – ich habe aber wenig Zeit. Probe, du weißt schon.«

Robbi hat gerade Nachrichten geschaut. Eine Unzahl an Attentaten hält das Land wieder mal im Griff. Es ist noch nicht so lange her, da hatte er mich angerufen und mir angeboten, nach Israel zu ziehen, dort sei es momentan sicherer als in Europa. Wir waren entsetzlich deprimiert gewesen, beide: er im Nahen Osten, ich im Berliner Westen. Das war, als der Lastwagen in die Menge auf dem Berliner Weihnachtsmarkt gefahren war und zwölf Menschen getötet sowie über fünfzig verletzt hatte. Nun also ist ein Bus in eine Gruppe von Soldaten gefahren, die auf einem Hügel über Jerusalem Pause machten und die Aussicht genossen.

»Das tut mir leid«, murmele ich, obwohl ich mich wundere, dass er deshalb anruft. Es ist schrecklich, aber haben wir uns nicht alle schon an die täglichen Attentate gewöhnt?

In einer Nachrichtenpause hätten sie einen Dokumentarfilm im Fernsehen gezeigt. Aus Auschwitz.

»Schön«, sage ich, »das nenne ich mal Programmgestaltung: zur Beruhigung eines in Aufruhr geratenen Staates eine Geschichte aus dem Lager.«

»Darum geht es gar nicht«, schnauzt Robbi mich ungewohnt ungeduldig an.

»Es geht um die Geschichte einer Liebe, das Paar hat kurz vor seiner Trennung in Auschwitz Ringe getauscht, die aus Blechlöffeln gebastelt waren.«

Mir verschlägt es die Sprache, gleichzeitig beginnt mein Herz wie wahnsinnig zu klopfen. Das kann nicht sein. Nein, das kann nicht sein!

»Dann wird das Lager aufgelöst, und die beiden sehen sich nie wieder. Ob sie den Todesmarsch überlebten, ob sie die Befreiung durch die Alliierten überhaupt noch erlebten, weiß man nicht. Es gibt nur Vermutungen und Rätsel. Der Film ist einer Shaina und einem Fischel gewidmet, heißt es im Abspann. Fischel wie der Mann von Malka, der Schwester meiner Mutter. Verstehst du?! Fischel hieß der Vater meiner Cousine! Und er war in Auschwitz!«

Mir ist, als würde Robbi es laut singen, wie ein irrer Wagnersänger in Bayreuth. Mein Schädel zerspringt fast.

»Aber Fischels wird es wohl mehr als einen gegeben

haben«, sage ich halbherzig und mit brüchiger Stimme. Doch Robbi hört mir gar nicht mehr zu.

»Der Film zeigt die beiden Blechringe. Einer ist in Yad Vashem aufbewahrt, der andere ist im Holocaust Museum in Washington ausgestellt, man kann sie dort besichtigen.«

*

Nur mit Mühe habe ich Robbi dazu gebracht, für den Moment das Gespräch zu unterbrechen und mich morgen noch einmal anzurufen. Habe ihn abgewimmelt, um mich zu fassen, Zeit zu gewinnen, zu begreifen.

Ich schleppe mich zu den Proben. Auf der Bühne der letzte Akt: Anna Karenina monologisiert. Sie fühlt sich ungeliebt, hintergangen. Sie ist sich sicher, dass Wronskij sie betrügt. Sie sieht Geister, sie nimmt Morphium, und sie wird über kurz oder lang zur Bahnstation gehen.

Tolstoi, der die Moderne verabscheute, der wie seine Figur Levin ganz in der Natur aufging, hatte sich in seinen letzten Lebenstagen auf den Weg gemacht. Er wollte Haus und Hof und seine Frau für immer verlassen, um ausschließlich in der Natur zu leben. Er kam bis zur nächsten Bahnstation und ist dort gestorben.

Ironie des Schicksals. Oder wie soll man so etwas nennen? Das Schicksal hat überhaupt viel Humor. Wie kann es sonst sein, dass ausgerechnet Robbi Sisseles Cousin ist? Einer der wenigen Juden, die mir wirklich nahestehen. Ein Witz, dieses Leben.

Ich höre Anna Karenina singen, begreife aber nichts. Als wäre ich auf Morphium und nicht sie. Ich habe mit Sissele eine Sightseeingtour durch europäische KZs gemacht. Sie hat mir ihr Leben erzählt, und ich bin partout nicht auf Robbi gekommen. Obwohl ich wusste, dass er als Kind in einem DP-Lager war, dass die Familie dann nach Düsseldorf ging. Nichts davon ist mir in den Sinn gekommen. Wie konnte ich nur so flächendeckend alles ausblenden?

Ich hatte keine Schuppen vor den Augen, sondern Jalousien, ganze Rollläden!

Sissele hat Max mit Waks verwechselt. So unwahrscheinlich, aber einfach ist das. Robbis Familie heißt Waks, nicht Max. Robbi heißt auf Jiddisch Riven, aber niemand nennt ihn so seit dem DP-Camp. Riven ist Robbi Waks, und Sissele ist seine Cousine.

> *O Grab, o Brautgemach, o unterirdisch*
> *Gefängnis allezeit!*

Ich könnte mich jetzt gut zu meiner Vorsprechrolle ins Grab legen!

Mein Leben nimmt allmählich die Konturen eines Barockopernlibrettos an. Was fehlt, ist die Musik. Wenn mich Robbi morgen anruft, werde ich ihm erzählen müssen, dass ich Sissele kenne. Dass sie die Souffleuse ist, von der ich ihm immer wieder erzählen wollte. Dass ich ihre Familie gesucht habe, aber leider, leider nicht auf ihn gekommen bin. Er wird den albanischen Geheimdienst auf mich hetzen, Kreuzspinne inklusive.

Wenn ich ihm dann auch noch sage, dass ich Sissele aus den Augen verloren habe, dass Sissele – seine vermisste Cousine! – kaum aufgetaucht, auch schon wieder verschwunden ist, wird er augenblicklich mit Feuer und Schwert brennend und sengend bei mir in Berlin auftauchen. Oder er wird konvertieren und ins Zen-Kloster gehen. Am besten tue ich es ihm gleich.

Probenschluss. Ich bitte Nora und Elio zu mir, dann erzähle ich ihnen mein Problem. Sie sind sehr mitfühlend, können mir aber nicht helfen. Elio erklärt sich bereit, meinen Sarg zu zimmern, Nora will mir ein Totenkleid nähen, über die Farbe könnten wir noch sprechen, dann lassen sie mich allein.

Als mich Robbi am nächsten Tag anruft, merke ich sofort, dass ich mir unnötig Sorgen gemacht habe, wie ich anfangen soll, zu beichten, denn Robbi lässt mich gar nicht erst zu Wort kommen.

Er habe herausgefunden, dass Fischel nach der Befreiung im DP-Lager in Deggendorf festgesessen, Karten gespielt und getrunken habe. Die Geschichte lautet in Robbis Fassung wie folgt: Es war August. Fischel hatte seine große Liebe Shaina suchen lassen und in Erfahrung gebracht, dass sie geheiratet hatte, in Haifa lebte und schwanger war. Sie verweigerte jeden Kontakt zu ihm, also trank Fischel erst einmal weiter, spielte Karten. Er habe so lange weiterspielen, weitertrinken wollen, bis ihm eine Idee gekommen wäre, wie es mit ihm weitergehen solle.

»Wer hat dir das erzählt?«, frage ich schnell.

»Der Bruder des Mannes meiner Tante aus Nizza!«, antwortet Robbi eifrig, »der war bei diesem Kartenspiel dabei.«

»Wer?« Aber Robbi erzählt schon weiter, er ist aufgewühlt.

»Fischel wäre gerne tot gewesen, er hatte genug vom Leben. Er hat wohl über diese Alternative laut nachgedacht, ohne zu einem richtigen Schluss zu kommen. Den richtigen Zeitpunkt zu sterben hatte er, so drückte er sich aus, verpasst.«

In einer besonders warmen Augustnacht habe er, schon

ziemlich betrunken, mit einem Goldstein oder Goldmann Schafskopf gespielt. Als Fischel sein Geld und die Ration Zigaretten verspielt hatte, habe er einen Ring auf den Tisch gelegt. Er sei zu einem überflüssigen Requisit für ihn geworden, das Stück sei abgespielt, der Vorhang bereits gefallen. Wenig später sei dieser Goldmann oder Goldstein in die USA emigriert. Er habe kurz vor seinem Tode den Ring dem Holocaust Museum in Washington vermacht. Den Ring habe er im DP-Camp in Deggendorf von einem Mann bekommen, der im Sterben lag, erzählte er dem Museum.

»Das ist eine Lüge!«, rutscht es mir heraus, fast hätte ich mich verraten. Robbi antwortet nachdenklich: »Ja, es ist eine Lüge, das schon, aber die Ringe gibt es, also sind Teile dieser Geschichte wahr, nur welche?« Der Historiker in ihm ist erwacht.

Es gebe im Lager keine Erklärung für den Tod und auch keine fürs Überleben. Er wage zu bezweifeln, dass das, was zwischen Fischel und Shaina stattgefunden habe, Liebe gewesen sei. Aber er würde sich als Historiker kein abschließendes Urteil erlauben.

Das Einzige, woran er glaube, einfach, weil es sie gebe, seien die Ringe aus Blechlöffeln, aber der Kontext müsse da wohl ein anderer sein. Wie überhaupt sei der andere Ring nach Yad Vashem gelangt? Er werde weiterdenken und nach seiner Cousine suchen.

Ich will ihm von Sissele erzählen, aber es fehlen mir die Worte, so sehr schäme ich mich. Wieso sind mir die Zusammenhänge nicht direkt aufgefallen?

Ich stammele: »Wahnsinnsgeschichte.« Und: »Halt mich auf dem Laufenden!« Dann lege ich rasch auf.

*

Eine merkwürdige Melancholie liegt über der *Anna Karenina*-Produktion. Depressive Bühnenmeister überprüfen die Treppengeländer. Die Beleuchter schauen regungslos die Scheinwerfer an. Der Stellwerktechniker, ein Hüne von einem Mann in schwarzer Montur, eher ein Angehöriger der *Hells Angels* als der Theatergewerkschaft, wirkt, als würde er jeden Moment in Tränen ausbrechen. Traurig und schweren Herzens drückt er den Knopf für den eisernen Vorhang.

Meine neue Souffleuse ist pummelig und hat ihre Haare bordeauxrot gefärbt, was sie nicht unbedingt fröhlicher macht. Sie war früher Tänzerin, jetzt hat sie entzündete Füße und klettert vorwurfsvoll in ihren Graben. »Warum ich?«, scheint sie mit jeder Bewegung zu sagen. Ich schaue zur Seite, was soll ich darauf antworten?

Die Inspizientin hat beim Ausparken den Getränkelieferwagen gerammt und wartet auf die Polizei.

Nur Tian, der chinesische Korrepetitor, übt unbeirrt seine Schwachstellen. Takt 35 der Ouvertüre, für Schwermut bleibt ihm keine Zeit.

Den Solisten tut die Melancholie sogar ganz gut. Sie nehmen ihre Rollen ernster als sonst. Der junge Wronskij, Tenor aus Buenos Aires, hat sich in die norwegische Anna Karenina verliebt. Sie aber findet den russischen Karenin-Bass attraktiver. Kitty ist aus Italien und flirtet abwechselnd mit beiden, nur nie, wie im Libretto vorgeschrieben, mit Levin, der Syrer ist und sie mit Augen wie Halbmonden schwermütig anlächelt. Keiner bekommt den, den er möchte, weder auf der Bühne noch im Leben. Morgens, wenn wir mit den Durchläufen beginnen, habe ich das sichere Gefühl, dass nachts »weiter geprobt wurde«, nur irgendwie anders und ohne meine Regie.

Auch wenn die Konstellationen nicht ganz so sind, wie das Libretto es verlangt, so sind doch die Emotionen alle wahr und groß. Die Darsteller singen herzerweichend, sie rühren mich.

Für ein paar Stunden vergesse ich Sissele vollkommen.

Robbi hat sie bisher nicht gefunden, berichtet er mir wenige Tage später. Er hat mehrere Anzeigen in einschlägigen jüdischen Blättern geschaltet, aber niemand hat sich gemeldet. Er hat die jüdischen Gemeinden in Deutschland, den Zentralrat der Juden verrückt gemacht, dann verschiedenste jüdische Gemeinden in Europa angeschrieben. Auch in Israel hat man nichts gefunden. Manche Organisationen haben allerdings ihre Unterlagen nicht digitalisiert, vielleicht sogar vernichtet. Es werden nicht mehr viele Vermisste des Zweiten Weltkriegs gesucht. Er habe als Historiker einen langen Atem, fügt er hinzu, und ich kann ihn durch das Telefon lächeln hören. Ich atme sehr tief ein und aus, nehme meinen ganzen Mut zusammen und sage: »Ich glaube, ich weiß, wer deine Cousine ist. Sie war bei mir im Theater. Ich habe ja versucht, dir von der verrückten Souffleuse zu erzählen ... erinnerst du dich? Aber du hattest keine Zeit, und ich bin wirklich nicht daraufgekommen, dass es deine Cousine sein könnte. Sie hat immer nach einer Familie ›Max‹ gesucht. Robbi, es tut mir so leid, und jetzt ist sie verschwunden. Robbi, Robbi, sag was! Bitte verzeih! Ich bin so blöd ...«

Es ist still am anderen Ende der Leitung. So schrecklich still.

Ich warte, bis eine sehr leise Stimme sagt: »Erzähl!«, dann berichte ich Robbi alles, was ich weiß.

»Danke«, sagt Robbi am Ende meiner Beichte. »Ich melde mich, wenn ich es verdaut habe.« Dann legt er auf.

Zur Premiere tummelt sich der halbe Balkan im Theaterfoyer. Ich höre Russisch, Polnisch und Serbisch, Anna Karenina ist vieler Menschen Nationaleigentum. Sie wollen diese Geschichte, die sie in- und auswendig kennen, immer und immer wieder hören. Das reinigt ihre Seele von den trüben Beschäftigungen des Alltags.

Schwere Brokatroben, viel Pelz, imposante Bärte. Das Leben überholt das Theater immer wieder, ich kann mich nicht daran gewöhnen. Ich starre sie unverfroren an, während sie die überteuerten Getränke und winzigen Häppchen zu sich nehmen.

Werden sie »unsere Anna« goutieren, oder werden sie buhrufend den Saal verlassen? Und wann werde ich jemals über solche Ängste erhaben sein?

Es wird wieder dunkel werden, der Applaus für den Dirigenten und sein Orchester wird verstummen, der Vorhang wird sich heben, und die nächste Premiere wird über die Bühne gehen. Was für ein merkwürdiger Beruf!, denke ich und lasse mich in die russische Depression fallen.

Es gibt viele Kriterien und ebenso viele Meinungen darüber, ob eine Premiere gelungen ist: Das Publikum applaudiert euphorisch; man selbst ist zufrieden mit dem Abend; die Kritiken in den Zeitungen sind gut; der Rundfunk lobt; die folgenden Vorstellungen sind ausverkauft. Das Gegenteil kann auch passieren, Verrisse ohne Ende, mauer Applaus, die Vorstellungen werden abgesetzt.

Egal, in welche Richtung das Pendel schlägt, ich bin ein großer Fan der Premierenparty. Und die nach der Premiere von *Anna Karenina* werde ich lange nicht vergessen.

Das slawische Publikum hat den zweistündigen Verfall der russischen Gesellschaft sichtlich genossen, jetzt packen sie in der Kantine ihre mitgebrachten Instrumente und die dazugehörigen Requisiten aus: Wodka und fettige Heringe. Eine in die Jahre gekommene Sängerin steht binnen Kurzem auf dem Tisch, sie schmettert ihr Repertoire auf uns nieder, das Akkordeon heizt sie unerbittlich an. Bis in die frühen Morgenstunden bricht die andere Seite der russischen Seele durch. Bei den Gewerken, den Darstellern, Elio, Nora, Ulla und mir. Die Melancholie ist wie weggeblasen.

*

Sissele blieb verschollen, auch Robbi erreichte ich nicht.

Zu Hause war es sehr still. David drehte seinen Film, ging früh schlafen, um beim Dreh fit zu sein und gut auszusehen, sprach wenig, um seine Stimmbänder zu schonen. Sein Studium würde er nach Drehende sehr schnell zu Ende bringen, um sich dann ganz der Schauspielerei zu widmen. Ich beobachtete es mit gemischten Gefühlen. Sammy spielte tagelang »Hey Jude« auf der Gitarre, er trug weite Jeans, eine Lockenmähne und sah aus wie ich 1976. Es wiederholt sich wirklich alles.

Es war Frühling geworden. Georg studierte kompliziertes Zeug, er murmelte irgendetwas von »ontologisch« und wollte mich davon überzeugen, dass ein Musikwerk real gar nicht existiert. Es sei nur dann vorhanden, wenn es aufgeführt werde, dann breite sich die Musik mittels akustischer Wellen aus, die auf uns wirkten. Zwar existiere auch die Partitur, aber Noten seien nur Symbole für die Musik. »Und Bücher? Literatur?«, fragte ich. »Gibt es die auch nur, wenn man sie liest? Sind diese Dinger bei uns im Regal eine Fata Morgana?« Nein, sagte Georg, das sei anders. Worte seien keine Symbole, sondern Zeichen für etwas Bestimmtes, auf das sie sich bezögen. Ich verstand kein Wort.

Bevor ich mich in Bedeutungslosigkeit aufzulösen drohte, packte ich meine Wandersachen. Bewegung ist wichtig, hatte ich gelesen, immer und vor allem, wenn man unruhig sei und auf Arbeit warte.

Die Natur tut gut. Franken zeigt sich von seiner besten Seite. Ich laufe und laufe. Hügel, Felder, Wälder, dazwischen ordentliche Gaststätten; und weiter, an Wiesen und Bächen entlang.

Die *Entführung aus dem Serail* zieht vorbei, *Anna Karenina*, die *Großherzogin von Gerolstein* und manchmal auch ein Schatten von Sissele.

In Manchester passiert ein Attentat, in Afghanistan auch.
Die Amerikaner werfen den Russen alles Mögliche vor.
Die Russen beschuldigen die Amis für vieles andere.
Das Meer ist voller toter Flüchtlinge.
Die Pest und die Hungersnot breiten sich immer weiter aus.

Ich laufe und laufe. Vielleicht ist es auch gar nicht schlimm, wenn ich nie wieder am Theater arbeite. Wenn man sich nach dem ersten Schock an den Gedanken gewöhnt hat, dass es ein Leben ohne Theater geben kann, sogar ein schönes, bekommt die Vorstellung etwas sehr Anziehendes. Es riecht nach gemähten Feldern.

Mein Handy vibriert. Das Angebot vom Opernhaus kommt überraschend. Karl bietet mir *Elektra* von Strauss an. *Elektra?!* Das ist ein hochdramatisches Werk, bisher nicht unbedingt mein Fach. Ich schließe die Fenster der kleinen Pension, als ich mir die Oper anhöre. Ich weiß, dass es hier um viele Dezibel geht: 135 an den lautesten Stellen, für die ausübenden Musiker gesundheitsgefährdend.

Klytämnestra bringt gemeinsam mit ihrem Geliebten Aegisth ihren Mann Agamemnon um, als dieser aus dem

Trojanischen Krieg heimkehrt. Am Hof in Mykene hält die Tochter Elektra die Erinnerung an den Vater wach, sie will sich rächen. Sie kann an nichts anderes mehr denken als an Vergeltung. Sie hofft auf Unterstützung durch ihre Geschwister Chrysothemis und Orest.

Plötzlich bin ich wieder mittendrin. In meinem Beruf und in meinen Bildern.

Diese Frau, Elektra, äußerlich gefangen in einer Art Lager, lebt innerlich in einem Gefängnis aus Traumata. Sie kann nicht aufhören, darüber zu singen, ihre Stimme ist laut, schrill, fordernd. Die Musik geht unentwegt über die Grenzen. Kann ein menschliches Ohr das verarbeiten? Will das überhaupt jemand hören? Lager, Blut, Vergeltung, Tod. Komischerweise fürchte ich mich nicht. Hier, in dieser kleinen Pension, höre ich die Musik und weiß, was mich erwartet und was ich erzählen will. Die Ferien sind zu Ende.

*

»Sie sieht aus wie Susanne!«, ruft Ulla, die neben mir sitzt und Noras Figurinen in den Händen hält. »Sie ist spindeldürr, hat die gleichen Sommersprossen, die gleichen Haare, den gleichen schiefen Gang. Dieses Lächeln und diese wahnsinnige blonde Lockenperücke!« Ulla ist kreidebleich, während Nora stolz ist, dass ihr Kostüm und Maske so überzeugend gelungen sind.

»Und Aegisth soll aussehen wie Fischel? Wer ist dann Klytämnestra? Etwa du? Willst du das Werk im KZ spielen lassen? Nicht dein Ernst, oder?«

Ich lasse Ulla noch ein bisschen staunen, bevor ich antworte.

»Ja. Dieser Innenhof, der wie ein Lager ist, dieses Nicht-aufhören-Können, über die Vergangenheit zu sprechen, diese Art ... wie soll ich sagen, Elektra erinnert mich irgendwie an Sissele.« Komisch, dass ich mir so sicher bin. Ich lächle, was Ulla nur noch blasser werden lässt.

Elio hat inzwischen die Ausdrucke seines Bühnenbildes vor uns gelegt, Kleiderberge sind das dominierende Element. Ulla, sprachlos, wartet auf mehr Erklärungen.

»Elektra erzählt ihre Geschichte, als wäre sie beim Therapeuten. Sie bekommt damit die einmalige Chance, sie noch einmal zu durchleben und loszuwerden. Die Zuschauer wissen nicht, ob sie es schaffen wird, ob sie es überlebt. Dass sie davon singt, dass man ihr zuhört, ist Teil der Verarbeitung. Klingt nach Küchenpsychologie, müsste aber trotzdem klappen.«

Eine Tür ist aufgegangen, denke ich, ich kann in Bereiche schauen, die mir vorher nur grauenvoll erschienen. Sie sind nach wie vor grauenvoll, aber ich kann sie aushalten. Ich weiß, dass sie immer bleiben werden, diese Bilder der Shoa, dass es nie etwas geben wird, um das Grauen zu schmälern, aber ich kann es mir ansehen und muss nicht mehr davonlaufen.

Und wer, wenn nicht Sissele, ist die ideale Besetzung dieses Gefühls?

»Kennst du den, Ulla? – *Mendel ist Bettnässer und geht zum Therapeuten. – Nu, fragt ihn Itzig danach, nutzt es? – Ich pische immer noch ein, sagt Mendel, aber es macht mir nichts mehr aus.* – Den muss ich Karl erzählen!«

Ulla ist etwas weniger grün im Gesicht und grinst. »Versuch's«, sagt sie schließlich.

Endlich meldet sich Robbi. Ich bin erleichtert. Er sei nicht böse, lautet seine knappe SMS, er sei bloß viel unterwegs und würde sich bald telefonisch melden.

Als fünf Wochen später die Darstellerin der Elektra zur Generalprobe die Bühne betritt, ist backstage ein Raunen zu hören. Viele erkennen in der Sängerin Sissele wieder. Die meisten kennen ihre Geschichte, wissen, dass sie als vermisst gilt.

Karl ist sehr zufrieden, diese Form von psychoanalytischer Aufarbeitung liegt ihm. Viel ändern könne man bei der Generalprobe eh nicht mehr, scherzt er ausgelassen, aber im Notfall würde er einspringen, zum Beispiel als Orests Zwillingsbruder. Ich bin froh, dass er nicht in einem gestreiften Anzug gekommen ist. Er umarmt der Reihe nach alle, bevor er sich endlich in seine Loge begibt.

Es gibt viel Literatur zu *Elektra*. Deutungen und Gegenbeispiele, Freud und Jung haben sich angeblich über das

Thema zerstritten. Das hätten sie auch ohne *Elektra,* vermute ich. Es ist aber auch eine Familienaufstellung der besonderen Art: die schuldige Mutter, die ihrer Albträume wegen nicht schlafen kann, das Bett mit dem windigen Liebhaber teilt, dazu eine hilflose Schwester und eine rachsüchtige Protagonistin, die auf den rettenden Bruder wartet. Strauss hat mit seiner Musik dafür gesorgt, dass kein Zuhörer aus dem Drama unbeschadet herausfindet.

Von meinem Platz aus sieht die Elektra-Darstellerin Sissele wirklich zum Verwechseln ähnlich. Die hundertelf Musiker nehmen Platz, es geht los, ein ohrenbetäubender Lärm. Die Musik geht mir nicht unter die Haut, sondern direkt in die Gedärme. Als würde das Unterbewusste nach außen gekehrt. Das Psychogramm um Schuld und Scham, um Vergebung und Rache, um Macht und Ohnmacht ist nicht nur Elektras, sondern auch Sisseles und Fischels Geschichte.

Bei einem Drama ist man nie sicher, ob die Stille bedeutet, dass die Zuschauer vor Rührung und Faszination schweigen oder ob sie vor Langeweile doch schon eingeschlafen sind. Bei einer Komödie hört man am Lachen des Publikums sofort, ob eine Pointe sitzt. Ich liebe es, die Menschen zum Lachen zu bringen, und sobald ich hier fertig bin, werde ich mir wieder meine schönen Lustspiele vornehmen.

Als ich nach der Generalprobe hinter die Bühne gehen will, um noch ein paar Kritikpunkte loszuwerden, sehe ich im Gegenlicht zwei Silhouetten. Sie scheinen auf mich zu warten. Es sind Robbi und Sissele.

*

Die Aufregung um die beiden will kein Ende nehmen. Sie umarmen mich wechselseitig, weinen, um mich erneut zu umarmen. Auf der Seitenbühne haben sich die Solisten versammelt, die Darstellerin der Elektra steht fassungslos neben der echten Sissele. Robbi knufft mich immer wieder in den Arm, als wollte er mich wecken. Nach einer Ewigkeit stammele ich: »Wo bist du gewesen, Sissele? Wie hast du sie gefunden, Robbi?«

Die beiden beginnen gleichzeitig zu reden, fallen einander ins Wort, umarmen sich und mich von Neuem, schütteln unter Tränen die Darsteller.

»Die Ringe«, sagt Robbi und strahlt mich an. »Fischel hatte die Häftlingsnummern von beiden eingraviert, und in den deutschen Archiven standen zuverlässig die dazugehörigen Namen. Da wusste ich sicher, der Ringbesitzer ist mein Onkel Fischel. Dann habe ich mich an Yad Vashem gewandt, weil dort der Ring von Shaina aufbewahrt wurde. Durch Yad Vashem habe ich den Sohn von Shaina gefunden. Und der wiederum wusste von einem Postfach in Montreal.«

Sissele war tatsächlich nach Kanada gegangen, hatte sich in ein Retreat zurückgezogen. Hatte geschwiegen, Yoga gemacht, und als sie genug geschwiegen hatte und ihr Postfach öffnete, fand sie mehrere Briefe von Robbi vor.

»Warum sind wir nicht selbst daraufgekommen?«, höre ich Ulla hinter mir sagen.

Nora umarmt Sissele stürmisch. »Habe ich dich nicht gut hingekriegt?« In den Armen des Originals beglückwünscht sie sich überschwänglich, wie gut ihr das Kostüm gelungen ist. Sissele und die Darstellerin der Elektra lächeln bemüht.

Ein unglaubwürdiges, überstürztes Finale, denke ich, wie in fast allen Barockopern. Plötzlich finden sich alle wieder, umarmen einander, wenige Takte lang wird die Handlung zu Ende erzählt, und schon folgt der Schlussakkord.

Karl erscheint, lädt alle zu seinem Lieblingsitaliener ein, bis tief in die Nacht zeigt Robbi auf seinem Handy eine Unmenge an Fotos, von seiner Frau, seinen Kindern, den Enkeln, Cousins und Cousinen ersten, zweiten, dritten Grades. Sissele lächelt überfordert. Ja, so ist das, wenn man seine Familie gefunden hat, denke ich, ein Happy End der Extraklasse!

»Das ist deine Familie, Sissele. Deine neue alte Familie«, sagt Robbi immer wieder, und dann heult Sissele, heult und heult. Zur Beruhigung verspricht Robbi, Sissele nach Kanada zu begleiten, damit sie dort Mimi und Kathie ihren echten Cousin zeigen kann.

Kurz vor Mitternacht, im Rausche des Glücks, der Rührung oder der Erschöpfung, höre ich mich doch wirklich sagen: »Ich komme mit!«, und Sissele strahlt glücklich zu Robbi rüber.

*

Seit vierundzwanzig Stunden weilen Sissele, Robbi und ich auf Island. Der Vulkan Katla ist ausgebrochen, nach der Zwischenlandung wurde bekannt gegeben, dass die Weiter- oder Rückreise bis auf Weiteres verschoben werde. Ich hätte es wissen müssen. Eine Reise mit Sissele kann nicht ohne Komplikationen verlaufen. Sie sagt zwar, sie könne nichts dafür, aber ich bin mir nicht sicher.

Als Eyjafjallajökull im Jahr 2010 ausbrach, stand der Flugverkehr für fast einen Monat still. Man hat uns gesagt, das könne uns jetzt ebenfalls blühen.

Robbi friert in seinem israelischen Outfit, dünne Hose, Kurzarmhemd. Die kanadischen Sommer sind sehr heiß, hatte er posaunt, und war dementsprechend leicht bekleidet in den Flieger gestiegen. Er hat seinen letzten warmen Pullover 1968 getragen, als er nach Israel eingewandert ist. Sissele wiederum, in ihrem alten Pelz aus ihren kanadischen Beständen, wirkt ebenfalls deplatziert.

Ich bin perfekt ausgerüstet, von Kopf bis Fuß in deutsche Funktionskleidung eingepackt und kann mich kaum bewegen.

Nach vielen Stunden ergebnislosen Wartens am Flughafen hat man uns in einem alten roten Holzhaus untergebracht, es ist drinnen überraschenderweise extrem gemütlich. Die erste Nacht im Land der Trolle und Elfen bringt erholsamen Schlaf. Heiße Quellen fließen unter unserem Fußboden, meine Füße sind zum ersten Mal in meinem Leben immer warm.

Es sei Sommeranfang, hatte der Taxifahrer uns erklärt,

aber eigentlich sei das mit dem Sommer relativ, es gebe sowieso nur zwei Jahreszeiten, die helle und die dunkle. Es schneit, und die schwarzen Berge haben eine weiße Haube. Wie muss dann der Winter sein?

Trotzdem beschließen wir heldenhaft, die unwirkliche Gegend außerhalb unserer schützenden Wände zu erkunden. Wo wir schon mal hier sind …

Die Tür lässt sich kaum öffnen, der Wind drückt zu stark dagegen. Robbi hat im Haus Lektüre über Island gefunden, die Broschüren werden sofort weggefegt, er rennt hinterher, bekommt sie kaum zu fassen; erst bäumt sich Sisseles Rock, dann ihre Frisur, mir verschlägt der Sturm die Sprache. Frierend erreichen wir das nächste Café, das nur wenige Hundert Meter von unserem Haus gelegen ist, erschöpft lassen wir uns nieder, über Stunden trauen wir uns nicht nach Hause. Der Espresso ist einwandfrei und erinnert an eine ferne, milde Heimat.

Robbi liest laut vor:

Als auf Heimaey 1973 der Vulkan Eidfell ausbrach, konnten sich alle Menschen in Sicherheit bringen, obwohl ein Drittel des kleinen Dorfes unter der Lava begraben wurde. Zwei Freunde wollten ihr Sofa retten und trugen es über die Straße, als ein Lavaspritzer genau die Mitte des Sofas traf. Hätten sie das Sofa nicht getragen, wären sie jetzt tot!

Will er uns trösten?

Es stürmt, als hätte Gott ein böses Auge auf Island geworfen.

Man braucht hier keine weiteren Feinde, stellen wir

fest, das Wetter genügt. Wenn ich aus dem Fenster schaue, sehe ich keinen einzigen Baum, aber einen Berg, der friedlich vor sich hin raucht. Alles riecht nach Schwefel, wir am allermeisten.

Dennoch, wir streiten nicht, und wir sprechen nicht über Sisseles und meine Begegnung. Mit keinem Wort erwähnen wir die Shoa.

»Island ist eines der wenigen Länder, das keinen Genozid vorzuweisen hat, sie haben noch nicht einmal Militär hier«, doziert Robbi am nächsten Morgen beim Frühstück, er hat sich weiter informiert.

»Kein Genozid? Nicht einmal ein klitzekleines Pogrom?«, witzele ich. »Na, was sollen wir dann hier?«

Was wissen wir wirklich von diesem Teil des Planeten? Unsere Koordinaten, die sich an Holocaust, Attentaten oder Antisemitismus orientieren, sind hier unbrauchbar.

Mir fällt natürlich sofort der passende Witz ein:

»*Ein Deutscher, ein Franzose und ein Israeli stranden auf einer Insel, auf der es zwar viele Elefanten, aber sonst nichts Interessantes gibt. Sie wissen, dass das nächste Schiff erst in einem Jahr kommen wird, also beschließen sie, die Zeit mit etwas Sinnvollem zu verbringen: Jeder soll eine Studie über Elefanten schreiben. Nach einem Jahr treffen sie sich am Strand wieder. Der Franzose zeigt sein Konvolut: ›Die Liebe der Elefanten‹. Der Deutsche hat auch viele Seiten geschrieben: ›Die Disziplin der Elefanten‹. Der Jude legt seine Arbeit vor: ›Der Elefant und das jüdische Problem‹ …*«

Sissele und Robbi schauen mich wenig belustigt an.

»Der Isländer und das jüdische Problem!«, versuche ich es erneut.

An Tag drei bekommen Robbi und Sissele inländische, soll heißen isländische Funktionskleidung, nun sind wir drei jüdische Astronauten auf dem isländischen Mond. Schneestürme und kurze Sonnentage wechseln sich ab. Die Sonne macht Pirouetten bis zum Horizont, hält kurz davor inne, um sich leise und klammheimlich wieder Richtung Zenit zu wenden. Nie geht sie unter, es bleibt taghell um Mitternacht. Wir wissen beim besten Willen nicht, wann Schlafenszeit ist.

Man rät uns, eines der vielen Bäder zu besuchen. Nach der Reinigungskontrolle durch die strenge Badpolizei liegen wir friedlich und faul nebeneinander im heißen Thermalwasser.

Ich beginne, Sympathie für den Vulkan Katla zu entwickeln. Wäre ich sonst hierhergekommen und würde mich so wunderbar unfreiwillig entspannen?

Robbi ist puterrot von der Hitze, was ihn aber keineswegs vom ständigen Dozieren abhält. Er will das Land, das Volk verstehen, als Historiker gehört sich das so.

»Stellt euch mal vor, sie alle hier haben eine ausgedehnte Verwandtschaft, die direkt in ihrer Nähe wohnt! Dieses geordnete Leben, wie verwurzelt sie sind. Das genaue Gegenteil von uns. Sie wissen, wo sie herkommen – und das seit dem Jahr 900 nach Christus. Wir wissen gerade mal, wo unsere Großeltern den Krieg überlebt haben oder eben nicht. Der isländische Allergiker weiß, von genau welchem norwegischen Abkömmling aus dem 10. Jahrhundert er die Disposition geerbt hat. Wahnsinn!«

»Mag ja sein«, antworte ich, »aber zum Mittagessen am

Wochenende kommen sechsunddreißig Familienmitglieder. Möchte man das?«

»Ist Allergie eine Erbkrankheit?«, fragt Sissele. Robbi stutzt.

»Die ganze Insel ein Schtetl«, bemerkt sie trocken, nur ihre Nase lugt noch aus dem 44-Grad-Becken heraus.

Katla spuckt und spuckt, feiner Staub liegt auf den Häusern. Wir sind gefangen auf einer Insel des Friedens. Manchmal reden wir tagelang kaum ein Wort. Dann wieder spielen wir Skat, fluchen glücklich, alles in allem kommen wir diesem Volk nicht wirklich näher, und es scheint auch nicht sonderlich an uns interessiert. Wir haben alle drei von Geburt an mit Krieg und seinen Folgen zu tun gehabt, wir kennen es nicht anders, wir definieren uns darüber, und nun verlieren wir uns gänzlich im Frieden.

Nicht von einem einzigen Attentat im Land hören wir. Es gibt kein Verteidigungsministerium, kein Militär auf dieser Insel der Seligen. Ob allein heiße Quellen, brodelnde Geysire und Vulkane einen grundlegend verändern?

Robbi hat sich mit Fachliteratur eingedeckt, versucht zu verstehen. Als Historiker hat er es wirklich nicht leicht. Er arbeitet sich durch die alten Sagen und ist beruhigt, dass fast jede mit Mord und Totschlag endet. Das ist allerdings sehr, sehr lange her. Er kann sich erinnern, dass es einen Kabeljaukrieg gegeben hat zwischen dem Britischen Königreich und Island in den Jahren von 1958 bis 1975. Immerhin. Doch nicht so lange her. Das tröstet uns, aber nur für kurze Zeit.

Die Tage vergehen in einer einzigen Lichtstimmung.

Wir fühlen uns merkwürdig aufgehoben, obwohl es unter uns brodelt und kocht und Katla keine Anstalten macht, sich je wieder zu beruhigen. Robbi verbrennt sich, weil er einem Geysir zu nahe kommt, Sissele verliert ihren Schuh im kochenden Wasser. Ich schaue einem Wal zu, der sich vor unserem Fenster im Fjord tummelt.

Am nächsten Tag schwimmen noch mehr Wale in der Bucht, sie sind gerade aus den Tropen hier angekommen, haben bis zu 16.000 Kilometer hinter sich. Die Wale sind wahre Migranten. Jetzt müssen sie sich erst mal wieder Fett anfressen.

Ich weiß nicht warum, aber die Wale rühren mich.

Wie lange sind wir schon hier? Werden wir für immer bleiben?

Die Isländer beobachten uns und wir sie. Wir sind einander erfrischend fremd. Sagen, Vulkane, die Finanzkrise sind ihre, nicht gerade unsere Themen.

Robbi hält einen Vortrag. Es stürmt seit drei Tagen, und wir verlassen das Haus nicht mehr. Er bittet uns ins Wohnzimmer und doziert über die Ähnlichkeit zwischen dem isländischen und unserem Volk:

»Man soll es nicht glauben, aber wir, die Erfinder der monotheistischen Religion, hatten Götzenkult. Als unser Stammesvater Jacob nach vierzehn Jahren Knechtschaft mit seiner Braut Rachel endlich das Haus des Schwiegervaters verlassen wollte, kam Rachels Vater aus der Hütte gerannt und sagte, jemand habe die Hausgötter gestohlen. Es war Rachel selbst, sie hatte sie unter ihrem Sattel versteckt und wollte sie mit in ihr neues Zuhause nehmen. Jacob wusste davon, verriet seine Braut aber nicht, dachte sich wohl, mehrere Götter zu haben könne nicht schaden. Bei Ausgrabungen fand man Reliquien zur Ehrung des Gottes Baal, ein klarer Beweis, dass es einen ausgeprägten Götzenkult im monotheistischen Judentum gab! Das war in der Zeit vor der ersten Tempelzerstörung, etwa 586 vor Christus.

Hier auf Island hat um das Jahr 1000 herum ein Gode – eine Art Häuptling –, genannt Thorgeir Thorkelsson, zwei Tage unter einem Fell gelegen. Als er endlich herauskam, verkündete er, das Christentum sei Islands neue Religion, was aber jeder zu Hause denke und glaube, sei seine Sache. Ein weiser Mann!«

»Heiße Story. Aber was willst du uns damit sagen? Wir sollen zurück zum Götzendienst?«, frage ich wenig überzeugt.

Wenn die Sonne scheint, scheint sie hell und durchgehend, an Schlaf ist nicht zu denken. Wir gehen spazieren bis in die frühsten Morgenstunden. Mal sind die Lavaformationen schwarz, dann grün, es gibt rote und schneebedeckte Berge. Robbi versucht es wieder:

»Es sieht aus wie bei uns in der Wüste, nur dass ihre Wüste aus Lava ist. Aber hüben wie drüben keine Bäume.«

»Das ist noch kein hinreichender Grund für Frieden«, kontert Sissele. Was Krieg und Frieden angeht, halte ich sie für eine Expertin.

Robbi ist verzweifelt. Der Historiker in ihm findet keine überzeugende Erklärung für das Phänomen »Island«.

»Die Sprache, es ist die Sprache!«, sagt er eines Morgens beim Frühstück. Er hat die Nacht über gelesen und ist zu folgendem Schluss gekommen:

»Josef Ben Aaron! Wir.
Aaronsson oder Aaronsdottir! Sie.«

»Deine Vergleiche, mein lieber Robbi, sind ehrenwert, aber bemüht. Wir sind fremd hier, ist das so schlimm?«, versucht Sissele ihren Cousin zu trösten. Sie grinst mir zu, wir verdrehen die Augen. Robbis manischen Zwang, aus der Historie die Gegenwart erklären zu wollen, teilen wir einfach nicht.

»Beide Völker haben eine überlieferte Sprache, die man zu retten versucht vor den Einflüssen der modernen Welt der Anglizismen. Die Sorge, dass das Isländische verloren geht, ist groß. Man übersetzt emsig neue Begriffe aus dem modernen Leben ins Isländische. So heißt der Polizist nicht irgendwas mit ›Police‹ wie überall sonst, sondern *lögreglumaour*, ›Gesetzes-Regelung‹ oder so etwas Ähnliches. Wir, die wir schon das Jiddische fast gänzlich verloren haben, machen es mit unserem Hebräisch ähnlich. Das Telefon heißt *Sah rachok*, Fernsprechinstrument!«

»Ich gebe zu, Robbi, dass ein falsches Wort zu großen Missverständnissen führen kann«, antworte ich nüchtern, »aber ob man Polizei und Telefon so oder so sagt, führt weder zu Krieg noch zu Frieden.«

Robbi ist verzweifelt und übernächtigt. Er sieht Trolle und behauptet, es seien die Geister der Toten, vergleichbar unseren Dybbuks.

Sissele kocht Hummersuppe. Das sei vergleichbar mit der jüdischen Hühnersuppe, nur eben isländisch. Die beruhigende Wirkung müsse sich aber trotzdem einstellen. Robbi löffelt brav seinen Teller leer, abends unternimmt er dennoch einen letzten Erklärungsversuch.

»Die Isländer verlassen selten ihr Land, und wenn sie es doch tun, dann kommen sie wieder. Obwohl hier kaum etwas wächst, es das halbe Jahr über finster ist, die Naturgewalten extrem sind und die Preise denen der Bahnhofstraße in Zürich gleichen, wollen sie einander nicht im Stich lassen. Dieses Phänomen kennen wir in Israel auch. Die permanente Kriegssituation ist erschütternd, aber nur wenige verlassen das Land. Manchmal denke ich, je schwieriger es irgendwo ist, desto mehr halten die Menschen zusammen!«

Robbi hat Heimweh. Er vermisst sein lautes, unerzogenes Volk im permanenten Kriegszustand. Ich denke an Deutschland, das, privilegiert vom milden Klima, reich und derzeit ganz ohne Krieg, so viele unzufriedene Bürger hat. Sehe aus der Fremde mein Leben wie unter einer Lupe und gestehe mir vorsichtig ein, dass es mir ebenfalls fehlt.

Nach drei Wochen hat sich der Vulkan beruhigt, der Flugverkehr wird wieder aufgenommen. Wir packen erstaunlich langsam zusammen, als würden wir diese Auszeit nur ungern aufgeben. Wir haben nicht über die Shoa gesprochen, über Fischel, über Auschwitz.

Wir waren ein bisschen verloren, aber nicht unglücklich, die Zeit in diesem kriegsleeren Raum hat uns gutgetan, ja gestärkt. Nirgends hatten wir mit unseren Neurosen punkten können, so blieb uns viel Zeit fürs Baden, Kartenspielen, Lesen und Nichtstun.

Am Abend vor der Abreise gehen wir ein letztes Mal in einen Hot Pot. Eigentlich ist es nur ein Loch mitten in der Landschaft, aus dem Dampfwolken aufsteigen und in dem das Wasser auf wundersame Weise genau die richtige Temperatur hat.

Die Vögel machen einen Höllenlärm, ein leichter Regen hat eingesetzt, es sind vielleicht elf Grad mitten im Sommer. Plötzlich setzt sich ein Troll zu uns ins Wasser, versucht, uns die Gründe für den Frieden auf Island zu erklären. Wir hören ihm aufmerksam zu, können ihn aber leider nicht verstehen, er spricht Isländisch.

Ich danke allen voran:

Sissele und Robbi, ohne euch gäbe es dieses Buch nicht!

Dank an meine Kolleginnen und Kollegen, die mich so herrlich inspiriert haben:
Nina Lepilina, Etienne Pluss, Ulrike Schumann, Yashi Tabassomi, Christoph Schubiger,
Anja Bihlmaier, Alexander Hannemann und Kevin Edusei, Thomas Bockelmann, Uwe Erik Laufenberg, Ralf Waldschmidt, Xavier Zuber, Ulrich Waller,
Ilka Seifert, Julia Zirkler, Urse Benzing, Sonja Valentin.

Dank an meine großartige Lektorin Sandra Heinrici, die unerschrocken und heiter die schweren und die leichten Themen mit starker Feder angeht.

Dank an meine Freundin Regina Schilling, die immer wieder mit mir durch die Hölle der Shoa geht.

Dank an Hanno Rinke, der mir durch sein Stipendium ein sorgenfreieres Schreiben ermöglicht hat.

Dank dem *Goethe-Institut Dänemark* und der *Reykjavik UNESCO City of Literature* konnte ich mich, neben dem Baden in heißen Quellen, sechs Wochen auf nichts anderes als auf den Roman konzentrieren.
Dank an Lára Aðalsteinsdóttir and Kristín Viðarsdóttir,

Jessica Bernauer, Dörte Klingelhöfer, Kristín Steinsdóttir und vor allem Herbert Beck, deutscher Botschafter in Reykjavík, und seine Frau Ulrike Beck, die mir Heimat in der Fremde waren.

Dank an das *Centrum Judaicum* in Berlin,
den *International Tracing Service* (ITS) in Bad Arolsen,
Arnon Grünberg und Maxim Biller,
Silke van der Velden und Rafal Stolarczyk,
Kathrin und Hans Rudolf Guggisberg, Heidi und Thomas Stammbach, Theresia und Lothar Schardt Sahelijo,
Paul Frielinghaus, Matthias Zelic, Juliane Voigt, Carola Cohen Friedländer, Sybille Meimberg Putzhammer, Natascha Bub, Maren von Fritschen. Miriam Ruerup, Jürgen Otten, Albert Wiederspiel, Gustav Peter Wöhler, Matthias Maedebach, Johannes Herrschmann,
Helge Malchow und den Verlag Kiepenheuer & Witsch mit all seinen fleißigen MitarbeiterInnen,
Karin Graf und Agentur,
Wolfgang Böhmer, der ein wichtiger Ansprechpartner war, und natürlich
Lenny und Aaron Altaras.

Quellenverzeichnis

Zitat S. 69 & 175
Sophokles: Antigone
Übersetzung: Wilhelm Kuchenmüller
Philipp Reclam Jun., Stuttgart, 1955

Zitat S. 73 f.
Ferdinand Raimund: Der Alpenkönig und der Menschenfeind
Philipp Reclam Jun., Stuttgart, 1995

Zitat S. 156
Hannelore Grünberg-Klein: Ich denke oft an den Krieg, denn früher hatte ich dazu keine Zeit. Mit einem Nachwort von Arnon Grünberg
Verlag Kiepenheuer & Witsch, Köln, 2016

Zitat S. 159
Kurt Tucholsky als Kaspar Hauser: Brot mit Tränen
Die Weltbühne Nr. 45, Berlin, 1926

Zitat S. 162
Gideon Greif: Wir weinten tränenlos ... Augenzeugenberichte des jüdischen »Sonderkommandos« in Auschwitz
Fischer Taschenbuch, Frankfurt a. M., 1999

Weitere Titel von Adriana Altaras bei Kiepenheuer & Witsch

Eine Ehekrise, die am gemeinsamen Bücherregal ausgetragen wird. Ein KZ-Gedenkstättenbesuch mit dem jüngsten Sohn. Eine Liebeserklärung an die jüdische Literatur und eine Kriegserklärung an die Angst. In ihren urkomischen und berührenden, ihren stets überraschenden und scharfsinnigen Geschichten vermisst Adriana Altaras unsere Gegenwart. Sie erzählt von Mut und Zivilcourage, vom Älterwerden und dem Umgang mit Erinnerung.

»Persönlich und geistreich, witzig und anregend«
Jüdische Allgemeine

Leseproben und mehr unter www.kiwi-verlag.de

Weitere Titel von Adriana Altaras bei Kiepenheuer & Witsch

»Wie frisch und wie mitreißend, wie unverbraucht und wie eigenwillig entfaltet Adriana Altaras ihre atemberaubend ereignisreiche Familiengeschichte.« *Die Zeit*

»Hinter den Seiten dieses hinreißend unterhaltsamen Familienalbums verbirgt sich die ehrliche Auseinandersetzung, wie sich Zusammenleben heute gestalten kann – im Kleinen wie im Großen, in der Privatwohnung wie im Nationalstaat.« *Die Welt*

Kiepenheuer & Witsch